U0088293

撒你留在世界上

把妳留在世界上

作者　林玟妮
責任編輯　姚恩涵
美術編輯　姚恩涵
封面設計師　青姚

出版者　培育文化事業有限公司
信箱　yungjiuh@ms45.hinet.net
地址　新北市汐止區大同路3段194號9樓之1
電話　（02）8647-3663
傳真　（02）8674-3660
劃撥帳號　18669219
CVS代理　美璟文化有限公司
TEL／(02)27239968
FAX／(02)27239668

總經銷：永續圖書有限公司
永續圖書線上購物網
www.foreverbooks.com.tw

法律顧問　方圓法律事務所　涂成樞律師
出版日期　2016年7月

國家圖書館出版品預行編目資料

把妳留在世界上 / 林玟妮著. -- 初版.
-- 新北市 : 培育文化, 民105.07
面 ;　公分
ISBN 978-986-5862-82-4(平裝)
859.6　　105008019

目錄

一、重「心」開始

「撲通、撲通、撲通……」

「撲通、撲通、撲通……」

心臟來回規律的跳動，讓人聽了有種安心的感覺。

吳思明醫師拿下聽診器，點點頭，在病歷表上寫上一串一般人看不懂的文字。

雖然沒有露出笑容，但吳醫師沒有表現出專屬的「皺眉」表情，就讓怡潔放心了，她心想，能夠像她這樣，看出吳醫師心思的病人，不曉得有幾個。

「過幾天，妳就可以出院了。」吳醫師對怡潔說。

怡潔的臉上露出了一個大大的微笑：「就知道醫生會這麼說！」

吳醫師面無表情地看著她，接著說：「雖然現在情況穩定了，但每個星期記得回診一次，確保心臟的穩定度，我們會持續追蹤。」

說完，就帶領著一群同房的兩位護士，一起離開病房。

「太好了怡潔，恭喜妳。」旁邊傳來同病房的十五歲女孩孫婷婷的聲音。

怡潔對她微笑：「妳要加油，不久後就會有適合妳的心臟的！」

婷婷的黑眼圈很重，面色蠟黃，大家都知道，她如果再找不到適合自己的心臟，生命就會逐漸的凋零、消逝。面對這一切，婷婷卻一直保持著樂觀的態度，常常帶給其他人歡笑，也是怡潔在醫院中最信任的朋友。

「妳不用擔心我！到時候妳出院後，我就算用爬的也要去聽妳演奏鋼琴！」婷婷露出一個大大的笑容。

這時，婷婷的主治醫師來了。

「好了女孩，我們該去做檢查囉！」醫生說。

於是，護士攙扶著她下床，讓她坐在輪椅上。

「回頭見囉！」婷婷說。

「嗯！」怡潔比出加油的手勢，並朝她揮揮手。

「上天請保佑這個女孩，她的人生還有好多事情沒有完成。」怡潔閉上眼睛，雙手合十的祈禱著。

這時微涼的南風輕柔得吹入病房。今天是個美好的晴天，怡潔不願多想未來那些令人擔憂的問題，便任由思緒帶她回到過往，那段辛苦又不安的童年。

♪

這應該是小學一、二年級所發生的事情。

那天下午，全班到操場上練習接力，為了接下來的運動會做準備。對小學生來說，得到全校第一名，是一件非常光榮的事。

可惜，患有先天性心臟病的怡潔，完全不能參加比賽。爸爸和媽媽為了這件事，特地來一趟學校，再三的叮嚀、囑咐老師，千萬不能讓她跑步，要是做了激烈的運動，那後果將不堪設想。

為此，班導也在班會時，提醒每一位同學，和怡潔玩的時候，絕對不能找她運動，告訴大家心臟病可能會帶來的危險。自此之後，每當同學要去打籃球、慢跑、跳高，種種需要跑步的娛樂，她一概不能參加。

「嗶！」體育老師用力的吹著口哨。

「預備，跑！」一聲令下，原本以起跑姿勢在操場上的六個同學，立刻起身，直奔在跑道上。

怡潔一個人坐在操場旁的榕樹下，假裝自己和同學一樣，正在拼命的、激烈的跑。

體育老師走到怡潔身旁，將紙筆和計時器交給她說：「好了，小裁判！同學們的計時、計分就拜託妳囉！」

「好的。」怡潔接過老師手上的東西，並點頭回答。

老師為了增加她的融入感，幾乎每次上課都請她來當小裁判，但久而久之，她越來越渴望能和其他小朋友一樣，想跳就跳、想跑就跑，不需要在意自己身體的狀況。

「希望有一天，我也可以自由自在的跑步。」怡潔在心裡想著。

接力棒一個接一個傳，太陽照得每位同學的臉都紅通通的，汗水從額頭上流下來，大家都賣命的跑著，不敢怠惰。

看著同學各個氣喘吁吁的樣子，她露出了羨慕的表情。

她不知道，就算跑得很累有什麼好討厭的？為什麼班上那麼多女同學討厭跑步？要是她的身體沒問題，她巴不得每天都可以跑著上下課呢！

下課的鈴聲響起，老師要同學將賽跑的接力棒收好，然後集合。

「好累喔！」

「腳好痠痛！」

「還不是那些臭男生堅持要得第一名，才會讓我們都那麼累！」

「不然第二名也可以啊！我們就不會跑那麼快了。」

「明天腳一定會很痛。」

「唉唷，希望下次體育課可以不用跑步。」

「就是說啊，校慶趕快結束就好了，流了一身汗真討厭！」

幾個女同學們輪流抱怨著，沒有人注意到怡潔臉上生氣的容貌。

「你們都不知道我有多羨慕！只會抱怨。」她在心裡氣憤的想著。

「嗶！」哨子的聲音再次響起。

「中央伍為準！解散！」

「散！」由於是最後一堂課，體育老師一聲令下後，同學們紛紛散開，準備回到教室收書包回家。

怡潔跟在一群跑跑跳跳的同學後面，看著他們奔跑的背影，腳就覺得越來越癢。

「跑一點點就好了，應該可以吧。」她忍不住在心中萌生了這個想法。

就在這時，傳來了一個聲音。

「欸，林怡潔！」一位男同學轉過頭來看著她喊。

「不要叫她啦！她又不能跑步！」另一個同學說。

怡潔面無表情的看著他們，沒有理會。

「跑一下不會怎樣吧？快點，我們來比賽誰先到教室！」男同學又說。

「算了啦，反正她不會理我們的。」

「真是膽小鬼！」兩位同學異口同聲的以藐視的眼神看著怡潔說。

當兩人準備離開時，怡潔突然出聲了：「跑就跑啊，誰怕誰！」

三個人於是站在教室走廊的前端，只要先跑到最後一間教室的人就贏了，雖然只有十幾公尺的距離，但對怡潔來說，仍舊是一大挑戰。

「沒事的。」怡潔在心中安慰自己。

「預備，開始！」

之後的事情，怡潔已經記不起來了，她只知道自己用盡全力向前跑，但不久後，眼前突然一片黑暗，再次張開眼睛時，是躺在保健室的床上，她感覺胸口悶悶的、四肢無力。

「你們到底在做什麼！」恍惚中，怡潔聽見了班導的聲音。

「對不起，我們真的不知道……沒想到……」

「沒想到什麼！怡潔的身體，不能承受劇烈的運動，老師不是講過嗎？你們怎麼還可以要求她跟你們一起比賽跑步？」老師氣呼呼的瞪著那兩位男同學。

當老師走近床邊想探望怡潔時，她下意識的閉上眼睛，不想說話；應該是說，剛才跑步耗費掉她太多體力，她暫時也無法說話。

這件事情，讓怡潔在醫院休養了一個多月，自此之後，她就再也不敢跑步了，醫生也叮嚀，如果再從事劇烈運動，後果將會不堪設想。幸好，就在這個時候，她遇到了這輩子最喜歡做的事情——彈鋼琴。

因為爸爸林飛煌擔心女兒住院無聊，便買了一台小型電子琴，讓她坐在床上就可以彈奏。

有了電子琴的陪伴，怡潔的住院時光變得有趣多了。每天有兩個時間，她可以帶著電子琴到一個大型的休息室，這是住院病人的一個活動空間，有電視、電腦，許多人也喜歡帶書來看、或是帶電動來玩。

一開始，是護士姊姊教她看五線譜，怎麼分辨琴鍵的聲調。之後怡潔無師自通，從Do、Re、Mi、Fa、So開始，慢慢的彈出小星星、我愛鄉村、一同去郊遊等知名的童謠，在大休息室裡，一群住院的病人們一起合唱，大家的心情也逐漸開朗，醫院的護士們，也都十分驚訝怡潔的天分。

林飛煌於是承諾，女兒出院後，要讓她去學鋼琴，一方面是因為怡潔也喜歡，另一方面則是要填補她不能像其他孩子一樣自在奔跑的心願。

♪

怡潔的父親林飛煌，是個貿易外商，長時間在各國奔走，一年待在家的日子，十根手指算得出來，家裡平常只有怡潔和媽媽吳孟瑜兩個人。媽媽的個性非常溫柔賢慧，自怡潔有印象以來，似乎還沒有看過她發脾氣，但常常因為怡潔的身體擔心、難過，甚至默默的掉眼淚。

怡潔患有先天性心臟病——肺動脈瓣狹窄，這是一種會阻擋血液流回心臟的疾病，嚴重時甚至會危害到腎臟，所以要盡量避免過度激烈的運動，注意日常生活的習慣。

所以，那次與兩位男同學比賽跑步的事情，對她的身體來說非常冒險，可能一個不小心，她就會陷入昏迷，再也醒不過來。

從她有印象以來，跑醫院是一件再正常不過的事了，她還記得有一晚突然在浴室昏倒，那時爸爸不在家，媽媽抱著她在雨中跑去醫院的事。事後怡潔才知道，原來那晚根本沒有下雨，滴在她身上的是媽媽的眼淚，不是雨水。

「醫生！醫生！」

「快來看看我的孩子！」

「她為什麼滿面通紅？」吳孟瑜氣喘如牛的說出這一連串的話。

即使到了今天，怡潔還是清楚的記得媽媽那時的表情和緊張的聲音。

當時，她好氣自己，怨恨老天爺為什麼不給她一個健康的身體。

而那次比賽跑步的事件過後，怡潔便開始學鋼琴。

爸爸更要媽媽特別買一台鋼琴放在家裡，讓她想練習的時候就能練習。對於她的天分，鋼琴老師更是讚譽有加，屢屢對吳孟瑜稱讚怡潔，請她千萬要讓怡潔繼續學鋼琴，才不會枉費她獨有的才能，並建議讓準備升國中的怡潔去音樂學校就讀。

「去讀音樂學校？」怡潔眼睛睜大大的看著媽媽。

吳孟瑜點點頭，並伸起手摸摸怡潔的額頭：「老師建議讓妳去的，主修鋼琴，妳以後就專心做自己喜歡的事情就好了。」

怡潔沉默，低著頭像是在思考些什麼。

「妳不喜歡彈琴嗎？」

「上次音樂教室發表會時，不是拿了第一名？」吳孟瑜見她不說話，擔心的問。

這時怡潔突然頭起頭，然後說：「好！」

「真的？」媽媽問。

「嗯！」怡潔再次點頭。

「那我先打電話跟妳爸爸說一聲，不要勉強喔。」說完媽媽便離開房間，走去客廳打電話。

林飛煌一家原本打算待在台灣，但因怡潔的身體在十歲之後變得越來越差，因此林飛煌決定帶著妻小移民美國，讓女兒在調養身體之餘，有更加充沛的資源能好好學習鋼琴。

之後，怡潔順利的在美國進入了音樂學校，得過大大小小的獎項，參與過無數次的演出。緊接著，大學畢業後，她也加入了真正的樂團，成為名符其實的鋼琴手。

而怡潔的心中，一直有一個祕密，一個重要、一輩子都忘不了的約定。正是這個約定，讓她有動力前進，每當辛苦想放棄時，只要想到一個人，不管多苦她依舊會努力的撐下去。

帶給她這樣勇氣的人，就是她最好的朋友——崔詠玲。

不過，她們已經十五年沒見面了。

甚至到了今天，怡潔仍然沒有任何她的消息。

♪

「我回來了！」婷婷的聲音將她拉回了現實。

「一切都還好嗎？」怡潔回過神來，看著婷婷問。

婷婷露出開心的笑容：「醫生說，有適合我的心臟了，下個月就可以準備移植了！」

「真的嗎？」怡潔興奮的從床上跳起來，並走向床擁抱婷婷。

「太好了！」婷婷開心的哭了出來，她等這顆心臟等了好久好久。

「會很順利的，到時候妳就可以自由自在的跑步，享受新的生活。」

「怡潔，妳可以答應我一件事嗎？」

「妳說。」怡潔笑瞇瞇的看著婷婷。

「等我出院了，陪我去跑步。」

「那有什麼問題！」

兩人說完後，興奮的看著彼此，用力的握住對方的手。

的確，今天是美好的一天，也是重「心」開始的一天。

二、迂迴夢境

溫暖的陽光照射在怡潔的臉上，微風輕輕吹過，藍天上的朵朵白雲，恣意的隨風飄動，這是個晴朗又舒服的午後。

「我好羨慕那些雲，可以想到哪就到哪。」怡潔說。

身旁的女孩，有著大大的雙眼，烏黑亮麗的長髮，輕輕的哼唱著一段柔美的音樂。

「妳也可以啊！」女孩回答。

怡潔嘟著嘴巴搖搖頭說：「那也不是現在吧。」

「等到我順利的成為鋼琴家，就可以坐著飛機，四處巡迴表演了！」怡潔讓四肢放鬆，恣意的揮動四肢，躺在草地上。

「說好囉，你是鋼琴家，那我就是作曲家。」女孩伸出手，要和怡潔打勾勾約定。

「一言為定！」在雙方拇指觸碰的同時，她們異口同聲的說。

「轟隆！」

「轟隆——轟隆！」兩人笑得正開心時，天空忽然烏雲密布，遠方還傳來了打雷的聲音。

「什麼啊！天氣怎麼說變就變呢？」

「討厭，我們曬太陽曬得正舒服耶！」女孩不自覺的翻了一下白眼。

怡潔嘆了口氣，說了句爸爸常常講的話：「天氣就像女人的心情一樣，說變就變！」

「我看我們得趕快離開這裡了，但是不能用跑的。」女孩看了看怡潔，並用手指指一指自己的心臟。

「哈哈，妳不說我都忘記了！果然是我最好的朋友！」怡潔笑著說。

「別笑了，我們快走吧。」女孩催促著怡潔。

雨越下越大，草地也變得泥濘了起來，濕滑不好走，兩人牽著手，互相攙扶小心翼翼的走著下坡。

突然間，一道又大又亮的雷，打在兩人身後的大樹上，大樹竟然起火了。

「天啊！好可怕！」怡潔驚覺的大喊起來。

女孩見狀，感覺不妙，便對怡潔說：「快點上來，我揹妳！」

「可是……這樣不好啦！」怡潔彆扭的說。

「沒關係啦！」說完，那女孩硬是把她拉到自己的背上，怡潔很驚訝，她的力氣比想像中還大。

女孩一揹上怡潔，便開始賣力的向前奔跑，可是雷雨依舊在後方，彷彿針對她們兩人，窮追不捨，怡潔覺得自己快要掉下來了，用力的抓著女孩的肩膀。

「啊！」女孩突然摔了一跤，怡潔跟著摔了下來。

「妳沒事吧？」

「咦……奇怪……」

怡潔恍惚的看著四周。

「詠玲……」

「詠玲……」

「妳跑去哪裡了？」她慌張的東張西望，卻怎麼樣都找不到那位叫詠玲的女孩。

於是，怡潔開始在雨中，東奔西跑，她不顧心臟的劇痛和打在她身上的雨水，一下往左、一下往右，到處尋找詠玲的蹤影。

但詠玲好像人間蒸發一樣，四處完全看不到她身影，彷彿剛剛她在身旁只是一場夢。

「詠玲，妳快點出來啊！」

「詠玲！」

♪

凌晨三點。

怡潔把從睡夢中驚醒，額頭上流下一滴汗水。

「呼……」

「我也才剛出院三天，就這麼不安寧。」怡潔無奈的想。

這時，窗外突然雷聲響起，不久後便下起大雨來，似乎是在順應著怡潔的夢。她覺得睡不著了，就起身下床，打開抽屜，拿出放在日記本下的一張照片。

泛黃的表面，可以看到兩個女孩手牽著手，背景是一座老舊的教堂，也是怡潔還住在老家時，常常跑去練習鋼琴的地方。

照片中的怡潔當時七歲，旁邊的女孩有著柔順烏黑的長髮，深邃的大眼睛，比怡潔高了一個頭，她就是剛才夢中的崔詠玲，也是怡潔心目中這輩子最好的姊妹兼好朋友。

「詠玲，妳到底跑到哪裡去了？」怡潔看著照片，在心中反覆思索著。

或許是剛才的夢境太過激烈，現在的她完全沒有睡意。

無聊之餘，她輕輕的打開收音機，從書櫃上拿出蕭邦的作品集，把ＣＤ放進收音機，調到第二首「圓舞曲」，閉上眼睛想著詠玲，等待睡意的降臨。

迷迷糊糊中，她發覺天已經亮了，正當她準備起床時，卻看見一個小女孩坐在她的書桌上，背對著自己。

「妳是誰啊？」怡潔露出驚恐的表情問。

只見女孩沒有理會她，用手指輕輕敲打的桌面，帶著點節奏跟韻律。

怡潔想靠近她，卻發現自己動彈不得，只能坐在床上，眼睜睜的看著小女孩逐漸消失。

「妳是詠玲吧？等等，妳先不要走，轉過頭來啊！」

可是女孩還是自顧自的敲打桌面，身形也越來越模糊。

「詠玲！」

清晨六點，怡潔又再度驚醒。

♪

「早……」怡潔下樓時，帶著沉重的腳步，一邊揉著眼睛，沒精神的跟爸媽道早。

媽媽正在廚房做早餐，而爸爸林飛煌前幾天剛從美國出差回來，正在看著英文報紙。

「怎麼一早就那麼沒精神！」

「我看還是不要這麼早回樂團好了，畢竟妳才剛歷經大手術，還沒完全痊癒。」林飛煌眼睛繼續盯著報紙說。

怡潔強硬回答：「我才不要！」

「自己知道怎麼做就好。」林飛煌也強硬的回話。

「我當然知道！」怡潔也不甘示弱的回答。

一旁的吳孟瑜，似乎早已習慣這對父女，也許女兒的硬脾氣，正是遺傳她爸爸的。

「妳已經長大了，自己要負責照顧自己，別總是像個小孩子一樣。」林飛煌嚴肅的教訓著女兒。

「嗯！」怡潔不甘願的回應。

「別說了你們，快點來吃早餐吧。」吳孟瑜催促著他們。

一家三口坐在餐桌上因為剛才的小爭執，顯得有些尷尬。

「小潔，吃吐司吧！」媽媽將抹了草莓醬的吐司遞給怡潔。

「媽，謝謝。」她心不在焉的接過吐司。

怡潔低頭咬著吐司配著牛奶，她不明白，失蹤那麼久的詠玲，為什麼又會出現在她的夢中？

說實話，上一次夢到詠玲是在開刀之前的事。

這麼多年來，她沒有一天沒有想到詠玲，每年也都會寫信到詠玲家，可是卻遲遲得不到回應，連一封回信都沒有。

就在這時，怡潔覺得心臟抽了一下，倒抽了一口氣。

「啊！」

突然的吸氣聲，讓爸媽緊張的看著她。

「我沒事！」在爸媽問之前，她立刻衝出了這句話。

「真的？」媽媽擔心的看著她脹紅的臉。

「我只是嗆到而已啦！」說完，怡潔繼續若無其事的喝著牛奶。

怡潔原本以為，爸爸一定又會說什麼，沒想到他只是繼續看著報紙。

「還好。」她暗自在心裡慶幸著。

再過沒幾天，就要回到樂團去了，這是她最期待的事情，以後再也不用受疾病之苦，可以好好的彈琴，參加每一場的演奏會了。

「詠玲，如果妳不想讓我找到妳，那就永遠存在我的心中就好，好嗎？」

怡潔在內心這麼想著。

♪

「我明天就要準備動手術了。」手機裡傳來婷婷的聲音。

「真的啊，真是太好了！」怡潔開心的說。

「說真的，我好緊張喔。」

怡潔非常明白這種心情，因為每次動手術不管成功機率多高，仍舊會有一定風險存在，想必婷婷這時的感覺，應該是很期待、又有些忐忑。

「放輕鬆，今天晚上看一本最喜歡的書、或是看一齣好笑的電影、聽一首柔和的音樂再睡覺，盡量不要讓自己想太多。」怡潔像個傳授經驗的前輩，仔細的向婷婷分享她曾經歷的一切。

「萬一……萬一……」從婷婷的聲音中，怡潔感覺的到她深深的恐懼。

「不要去想這個萬一，妳等我一下。」掛上電話後，怡潔隨手抓了一件外套就衝下樓。

「我得給這個小女孩一些勇氣。」她在心裡對自己說。

當她趕到醫院，早已過了訪客時間。

何況，婷婷一早就準備動手術，現在絕對是禁止任何探望的。

「請務必幫我轉交給她！」怡潔將手中的紙袋交給護士，告訴她這是給婷婷加油打氣的東西，請她一定要親手交給婷婷。

正當婷婷翻來覆去時，她從護士手中拿到怡潔送來的東西。

那是一捲錄音帶和一個老舊的隨身卡帶播放器。

她將錄音帶放入播放器，不久後就傳來怡潔的聲音。

「婷婷，我知道妳現在很害怕，這是正常的。妳是我在醫院最好的夥伴，對於明天要開刀的事，我真的替妳感到非常開心，這是妳等了好久才等到的機會啊！」

接著，傳來了一陣碰撞的聲音。

怡潔的聲音又出現了：「這是我送妳的一首曲子，我把它取名叫做『勇氣』，希望可以為妳帶來更多力量。」

播放器中，傳來了清脆的鋼琴聲，伴隨著輕快的節奏。

隨著琴鍵的變換，婷婷發現自己在想像五線譜上每個正在跳動的琴鍵一樣，於是她放鬆了不少，欣慰的閉上眼睛。

♪

「怡潔，謝謝妳，曲子很好聽，我會加油的！」看著婷婷傳來的訊息，怡潔放下了心中的大石頭。

她關了燈，準備上床就寢。

「妳做得很好！」迷迷糊糊中，怡潔似乎聽見了有人對她這麼說。

「妳是詠玲嗎？」她問。

沒有回應。

怡潔帶著滿意的笑容，進入夢鄉。

三、失誤

「看看是誰回來了。」

「這次回來不用再住院了吧?」

「她就是一個喜歡為大家帶來麻煩的人。」

這兩人一句又一句的附和著。

聽到這種尖酸刻薄的話，怡潔想也不用想，一定是張家琪和她的雙胞胎哥哥張家偉，他們在怡潔還沒住院開刀時總是找她麻煩，找到機會就藉著學長姐的身分，大大的數落她一頓，她早已習以為常了。

「嗯，謝謝妳的關心。」怡潔頭也不抬的繼續往前練習室走去。

「看看，就是這種傲人的態度，也不想想誰是學長、學姊。」這回出聲的哥哥張家偉。

「在說妳啦，林怡潔!」張家琪不客氣的大聲喊叫。

「什麼態度啊!」張家偉也在旁邊補上一句。

怡潔仍然不理會，打開練習室的門後，就立刻把門關上。

「無聊透頂。」怡潔無奈的自言自語。

叩叩叩!

叩叩叩!

門外傳來了急促的敲門聲。

「這次又是誰啦！」怡潔不耐煩的打開門。

「妳總算回來了！」還來不及反應，曉涵立刻給她一個大大的擁抱。

另一旁則是在大笑的大姐姐陳映如。

「曉涵——」

「看到妳真是太開心了，妳的氣色比上次在醫院時好很多了呢！」曉涵開心的又叫又跳。

「曉涵——」

江曉涵就像完全聽不見怡潔的聲音，繼續興奮的說：「妳都不知道，那對雙胞胎兄妹有多麼討厭，真是氣死我了。」

「江曉涵我快要窒息了！」怡潔終於受不了吼了出來。

「對不起對不起，唉唷，人家看到妳真的太高興了！」曉涵立刻放開怡潔，一邊道歉一邊調皮的吐著舌頭。

怡潔對她翻了一個白眼。

陳映如在一旁說：「怡潔，歡迎妳回來！」

「謝謝妳們。」怡潔露出開心的笑容。

江曉涵和陳映如是怡潔在樂團中最好的朋友，三人也是同期受訓的患難好夥伴，彼此互相成長、互相照顧。

說起這兩位好朋友的個性，可說是天壤之別。個性開朗、大而化之、有些粗心、講義氣又有點愛哭的，是和怡潔同齡的小提琴手江曉涵；而穩重內斂、善良、成熟的是大她們三歲的指揮陳映如，同時也是團長李修平重要的助手。

她們曾經一起在美國度過一段辛苦的時光，當樂團準備回來台灣發展時，三人二話不說的表示贊成。

可以回到自己的家鄉工作，是再幸福不過的事情。

和怡潔不同，曉涵和映如是為了加入樂團，才到美國的。就那麼剛好的，台灣的醫院表示有適合怡潔的心臟可以移植，要她回去一趟，於是怡潔一家人也跟著樂團回到台灣。

「妳的身體都沒問題了吧？」曉涵一邊咬著蘋果一邊問。

「除了有時候心臟還是有點悶悶的之外，其他都還好。」

「也不能做太劇烈的運動，但可以慢慢練習跑步了……妳可以不要在練習室吃東西嗎？」怡潔無奈的搶過她手上的蘋果。

「曉涵，去外面再吃。」大姐姐陳映如警告著。

「知道啦！」曉涵不甘願的從怡潔手中接回咬到一半的蘋果。

「那我先出去囉！」

說完，曉涵就先打開門離開了。

「怡潔，要是有什麼問題，儘管跟我說，不要都藏在心裡。」陳映如率先說了話。

怡潔點點頭並微笑：「好的！」

「後天要進行整個樂團的練習，記得早上十點在大練習室集合，不能遲到唷！」陳映如拍拍怡潔的背，就開門離開了。

「好！」怡潔深呼吸，便打開琴蓋，輕輕地敲奏鋼琴鍵，然後越來越密集、越來越快，她整整彈了一個多小時才休息，對她而言，鋼琴就像她最親密的人，也是她和詠玲的連結。

♪

為了明年即將展開的世界巡迴演出，陽光樂團團長李修平召集大家到大練習室開會，排了一份密集的練習行程表，並將團員分成兩組，由他和陳映如擔任各組的領導人。

「請各位團員按照行程表上的時間，抓緊時間練習，每個星期驗收一次。」李修平提醒著大家。

「團長！」江曉涵舉起手。

李修平回應：「有什麼問題嗎？」

曉涵直接問：「可以讓怡潔到映如姊這組嗎？」

怡潔和陳映如不約而同的瞪著江曉涵，被他的衝動嚇得啞口無言。

「我沒關係的，一切依照團長的安排為主。」怡潔立刻回應。

一旁傳來家偉和家琪的竊笑，好像是在說：「就喜歡像小孩一樣膩在一起！幼稚的小朋友。」

「可以嗎？團長。」不理會其他人的反應，曉涵等待著李修平的回答。

「怡潔在我這組，我一樣也會好好照顧她。」

「況且，這次的分組是依照大家擅長的範圍所訂定的，除了私底下的練習之外，大家大部分還是在一起的。」李修平面無表情、不慌不忙的說。

怡潔對曉涵使了個眼色，要她不要再說下去了。

「如果，有人擔心會被某些人施壓的話，儘管來告訴我，我不會讓這種事情發生的。」團長又補了一句。

聽到這句話，曉涵知道抗爭無效。

她真的很擔心，怡潔跟那對雙胞胎同一組，會被欺負、受盡苦頭。

李修平再次問大家是否還有其他意見，在場沒有別的團員再出聲。於是他便下令解散，要大家先回到自己的練習室裡。

當晚回家後，怡潔馬上接到曉涵的電話。

「妳就別擔心了，妳知道我從來都沒有在意過他們的話嗎？」怡潔對著手機另一頭的曉涵說。

「我總覺得他們會找妳麻煩啊！」曉涵擔心的說。

「團長也在，他們不敢亂來的。」

「他們兩個什麼事情都做得出來，難道妳忘了嗎？」

「曉涵，妳也忘了我有他們的把柄嗎？」

「喔！妳說錄音筆對吧！」曉涵恍然大悟。

「沒錯，所以他們絕對不敢怎樣。」怡潔笑著說。

曉涵故意用鼻音說：「唉，希望如此。」

「我自己也會小心的！好嗎？」怡潔刻意用了振奮的聲音說。

「嗯，多注意一點，那就這樣了，早點休息！」說完，曉涵就掛掉了電話。

怡潔笑著看著手機搖搖頭，對這位魯莽又可愛的朋友，弄得好氣又好笑。

隔天，團長和陳映如分別幫各組每位團員做細項的職務分配，並針對大家的專長，安排到適當的領域。

以團長李修平為首的A組，由怡潔和張家琪負責鋼琴，張家偉則是擔任大提琴手，另外還有兩個團員，負責小提琴和長笛，團長自己則是當指揮。

「我真不知道為什麼要跟她一起練習？」怡潔聽到家琪用不是很開心的語氣跟家偉抱說。

家偉露出了鄙夷的神情說：「放心吧！她不是妳的對手。」

家琪對哥哥眨眨眼睛。

怡潔覺得，這對兄妹真是有夠無聊，從她第一天進樂團開始，他們兩個好像是生怕自己被取代一樣，一天到晚找怡潔的麻煩，一有機會就向團長告狀，還好李修平是個公道之人，絕不會被這些三言兩語所挑撥。

「大家請自行安排時間好好練習，每兩天驗收一次。」團長宣布完這個消息後，就到陳映如那組去關心一下狀況。

「林怡潔，妳可不要拖累我！」團長一離開，張家琪立刻警告怡潔。

「妳才是吧。」怡潔冷冷的回應。

「注意自己的態度！」站在一旁的張家偉大聲惱怒的說。

怡潔以同樣冰冷的眼光看著他們兩個，並說：「我知道你們不喜歡我，不過為了樂團好、為了公演著想，希望你們把這些私人恩怨放在一邊，好好一起練習，就麻煩你們多多擔待了！」

說完，她頭也不回的離開，留下目瞪口呆的雙胞胎兄妹。

當晚半夜，怡潔在夢境中，又看見小女孩坐在她的書桌前。

那女孩綁了一頭長長的辮子，穿著白色上衣和牛仔長褲，手指仍舊有節奏的敲打桌面。

「妳是誰？」

「妳到底是誰？」怡潔撐起身子，想看看她的臉。

就在這時，怡潔突然感到心臟一陣絞痛，立刻驚醒過來，而夢中的那個女孩，當然也不見蹤影了。

♪

「今天就請假，別去樂團了。」吳孟瑜御用極度擔憂的臉看著怡潔。

「不行！我們公演就要到了，我絕對不能請假。」怡潔強硬的說。昨天才對張家琪和張家偉講那麼重的話，如果今天又請假，誰知道他們又會說出什麼話。

「可是妳的臉色真的很難看啊！」媽媽一臉擔心的看著怡潔。

「媽，我沒事。」

「妳別再騙媽媽了！」吳孟瑜的情緒，從擔心轉為些微的憤怒。

「我真的沒事！」

「公演不是還有半年嗎？」

「但是現在就得開始練習啊！」怡潔強硬的回答。

「妳爸爸才剛回美國，妳要是有什麼三長兩短，我要怎麼跟他交代？」

「媽，我怎麼可能會有什麼三長兩短！」

「痛到都尖叫了怎麼會沒事？」

原來，昨天怡潔驚醒後大叫了一聲，讓吳孟瑜嚇的從隔壁房間趕過來查看，發現女兒難過的緊壓胸口。

「身體是我的我自己知道！」怡潔氣到丟下叉子，抓起包包立刻衝出家門。

「怡潔，妳回來！」

「立刻！」媽媽站在家門口生氣的大喊，但是她頭也不回進了電梯。

♪

「林怡潔！妳可以專心一點嗎？」這次大吼的人是團長，大聲到連在隔壁練習室的陳映如都跑過來關心狀況。

「對不起。」怡潔低著頭說。

「這是妳今天第三次犯錯了！」李修平團長嚴厲的指責她。

怡潔坐在鋼琴前面，沉默不語。

「練習的時候，不要心不在焉想別的事情。如果沒有心無旁鶩，要怎麼彈奏出最正確、最優美的旋律呢？」團長見怡潔還是沒有反應，又接著說：

「如果是身體不舒服，那今天就早點回家吧，妳媽媽剛已經打過電話來了。」

怡潔自認沒有辦法辯駁，只好點點頭，並向其他團員道歉，便離開了。

接下來幾天，怡潔持續被相同的夢境所困，每當她想爬起身去找小女孩時，她就會心臟痛醒，或是冒著冷汗驚醒，簡直快把吳孟瑜嚇死。

正因如此，在樂團的表現更是頻頻出錯，常常一首曲子彈錯了三次以上。對一個鋼琴手來說，彈錯一次已經是很不應該的事了，怡潔對此也非常自責。

「停停停！」

「不要彈了，大家都停下來！怡潔妳跟我過來！」李修平終於忍無可忍，先暫停手邊的練習。

「家琪，過來幫怡潔彈這首曲子。」

「大家繼續練習。」團長說完，便帶著怡潔去他的辦公室。

「呵呵，生病的人本來就不應該在樂團裡！」

「害群之馬，前幾天還敢說的那麼大聲！」

家偉和家琪的話語，同樣是如此的刺耳，但對怡潔來說一點都不重要了，眼前最要緊的，是團長接下來要對她說的話才真正讓她緊張。

進到辦公室後，李修平要怡潔先坐在沙發上。

「要喝熱茶嗎？」他問。

「嗯，謝謝團長。」怡潔禮貌的接受。

「我想妳應該不能喝咖啡吧！」

「團長怎麼知道？」她驚訝的看著團長。

李修平指指心臟的位置，然後平靜的說：「我太太和妳患有一樣的病。」

「真的？」怡潔露出驚訝的表情。

團長默默的點頭，接著說：「只可惜她沒有妳幸運。」

「嗯？」她疑惑的看著團長。

「因為一直等不到適合的心臟，她已經去天上當天使了。」李修平平靜的說。

「我很抱歉。」怡潔羞的臉都紅了，她氣自己怎麼如此後知後覺，完全沒聽說這件事。

李修平搖搖頭說：「不用抱歉，她已經走兩年了，當我知道她可以不用再忍受這種病痛時，其實我也鬆了一口氣，現在我比較擔心我的女兒。」

怡潔以帶著歉意的眼光繼續看著他。

團長將泡有茶包的杯子交給怡潔後說：「妳媽媽幾乎每天打電話來。」

「嗯，我知道。」

「她希望妳可以盡快回醫院做檢查。」

「我跟她說過，再過兩天放假就會去了。」

李修平清清喉嚨，怡潔覺得她知道團長接下來要說的話。

「怡潔，妳是一個很有天分的孩子。比起家琪，我更希望由妳來擔任巡迴演出中，第一線的鋼琴手，並幫助身邊其他的團員，把妳的親身經歷與他們分享，加重大家的向心力和士氣。」

「是。」怡潔很清楚團長的用心。

團長接著說：「可是，妳最近出錯的狀況太過於頻繁，許多團員紛紛表示抱怨，加上妳身體最近也不是很好，所以我希望，妳暫時先休息兩個星期再回來。」

「不可以，我一定要待在樂團裡！」雖然心裡已經有底了，但在聽到李修平說的話後，怡潔還是感到十分激動，積極的想要團長放棄這個想法：「團長對不起，我會好好努力的。」

「妳就聽話吧！怡潔，妳知道一旦我決定事情後，就再也沒有商量的餘地了。為了樂團、為了擔心妳的家人妳必須這麼做。」團長強而有力的說出這句話，令怡潔深刻體會「無法拒絕」的痛苦。

她難過的流下眼淚，心想好不容易開了刀、出了院，回到了樂團，卻在一個多星期後被要求先暫停手邊的工作？這一切未免也太不合理了吧！

看到怡潔難過的樣子，李修平團長又說：「站在身為團長的立場，我大可以嚴厲的要求妳、指責妳，讓妳達到應有的標準。可是，今天站在妳母親的立場，我知道不能這麼自私，畢竟我也是為人父母，況且我太太又和妳有同樣的病症，希望妳可以體會團長的用心良苦，好嗎？」

怡潔不得不承認，李修平說的話非常有道理。

她點點頭，表示會好好休息並去醫院做個精密的檢查。

「我在家也不會忘記練習的，回來後會立刻融入大家，不會給其他團員帶來麻煩和困擾的。」怡潔向團長信誓旦旦的表示。

李修平點點頭：「我們等妳回來。」

說完，怡潔和團長道謝後，就離開了辦公室。

一出來，看見曉涵和映如站在外面，用不安參雜擔憂的眼神看著她。

「我沒事，妳們趕緊去練習吧！」丟下這句話後，怡潔快步的走出樂團。好強的她，絕不容許其他人看到她掉眼淚的樣子。

四、尋人啟事

「目前看起來沒有什麼問題。」吳醫師將聽診器移開怡潔的心臟。

吳孟瑜再次確認：「真的沒事嗎？」

「從X光、心電圖、還有精密儀器的檢查，目前看不出什麼結果，林媽媽先不要太擔心！」吳醫師安撫著吳孟瑜的心情。

「最近就多休息，保持規律的作息。」醫生繼續囑咐。

「醫生，如果一直常常夢到同樣的夢，有什麼意思嗎？」吳孟瑜和醫生，驚訝的看著她。

「我每隔兩三天就會做一個同樣的夢，夢境幾乎都相同，我很想知道這和我現在的身體情況有沒有關聯？」怡潔認真的問。

吳醫師回答：「這的確是有可能的。因為妳心裡的一些因素，導致妳一直出現相同的夢境，或者是妳有某個很在意的事情始終沒有解決，即使平常生活很少想起，卻依舊藏在妳心裡的深處。」

「那也不至於心臟會不舒服吧？」吳孟瑜向醫生訴說：「她好幾次都痛到醒，讓我好擔心好擔心！」

「正是這些夢，讓怡潔內心感到愧疚或者恐懼，或許也因為情緒過於緊繃，進而對心臟造成影響。」吳醫師說。

「我該如何解決這個困擾？」怡潔問。

吳醫師認真的看著她：「妳必須找到原因，為什麼會做這個夢？又為什麼會被一個夢困住，影響妳的生活和工作，這要靠妳自己去尋找答案。」

回家的路上，媽媽和怡潔都沉默不語。

如今已進入深秋，漸漸變得越來越涼爽，日夜溫差很大，可以感受到冬天即將到來。

媽媽終於沉不住氣，問了怡潔到底做了什麼夢。

她不想隱瞞，便告訴她夢境的內容，以及她認為那個小女孩就是詠玲的事情。

吳孟瑜聽完後，一句話也沒說，繼續靜靜的走路。

對於媽媽的反應，怡潔不太驚訝，因此她也就沒有多說些什麼話了。

不知道為什麼，從小媽媽就不贊成她和詠玲做朋友，她時常瞞著媽媽偷偷跑到詠玲家，或是一起去教堂彈鋼琴，也因次和媽媽起過幾次爭執。

所以，她也不想去問媽媽對她夢境的看法了。

「反正，媽媽就是不喜歡詠玲。」怡潔一直是這麼認為的。

當天晚上，怡潔早早就上床準備睡覺了。

「找到詠玲是唯一的方法！」怡潔在翻來覆去的夜晚裡得到了這個答案。

「那年詠玲消失的原因，到底是什麼？」

「我們那麼好，她怎麼可以不告而別？」

「難道是她生病了？」

「還是有什麼難以啟齒的原因嗎？」

怡潔反覆思考著這些問題，卻始終想不出任何原因。

那天，和往常一樣。

下了課後，趁媽媽外出還沒回到家時，她又溜到詠玲家，平常詠玲的奶奶都會坐在門前的搖椅上，幫怡潔開門。可是今天，奶奶不在，不管怡潔怎麼敲門，都沒有回應。

「詠玲詠玲，妳快出來啊！我們不是說好今天還要一起去教堂嗎？」怡潔記得，她一直對著屋內大喊，重複著這句話，在門口一直敲門，等了好久好久。

當時她想，或許詠玲一家人臨時有事外出了，晚一點就會回來。

沒想到過了一天、兩天、一個月、三個月、半年，都沒有人回來，直到怡潔一家搬出了村子，仍然沒有詠玲的消息，彷彿他們一家人突然人間蒸發，也沒有人知道他們的下落。

「他們搬走囉！」

告訴她這個消息的，是在巷口賣香腸的阿水伯。

他常常請怡潔和詠玲吃香腸，詠玲還常常搶阿水伯手上的夾子說要幫忙，但每次都烤焦。

可惜的是，阿水伯只知道他們搬家了，並不曉得詠玲一家去了哪裡。

當然她也曾經問過父母，媽媽更說詠玲一家人不會再回來了，任憑她再怎麼追問下去都沒有結果。

想到這裡，怡潔暗自流下一滴眼淚。

便做出了一個決定。

♪

尋人啟事

姓名：崔詠玲
特徵：黑色及腰長髮，身高約一五〇公分，左下巴有一顆痣。
失蹤年齡：九歲（今年二十四歲）
失蹤地點：桃園新興新村
聯絡人：林怡潔
電話：XXX—XXXX

資訊下面則是那張老舊的黑白照片，也是與詠玲唯一的合照。
怡潔看著報紙上這則尋人啟事，很難說服自己會有人回應，況且現在看報紙的人已經越來越少了，於是她特地掃描了那張照片，並把這則訊息放上了社群網路，希望同時藉由網路的力量找到詠玲。
果然一放到網路上，立刻收到來自四面八方的訊息。
「姓崔，那麼少見的姓氏應該很好找吧？是韓國人嗎？」
「過了那麼多年，妳現在才在找人，真的有心嗎？」
「這該不會是詐騙的新手法吧？我才不會受騙呢！」
「我覺得，住我隔壁那個超過半年沒工作的阿姨，很像妳要找的人！」

「她是妳的誰啊?資訊這麼少要怎麼找?」

對於這些回應，怡潔覺得好氣又好笑，面對網友的回應，她也只能一笑置之，但仍渴望有某個人出現給她一點點的蛛絲馬跡。

此時，媽媽氣憤的衝進怡潔的房間，將報紙丟在怡潔的床上。

「妳這是在做什麼?」

「沒什麼。」怡潔冷淡的看了媽媽，冷漠回應著。

「妳為什麼非得找到她?」

「她是我最重視的朋友，憑什麼不能找她?」

吳孟瑜說:「外婆打電話叫我看報紙，我還跟她說一定是她看錯了，妳怎麼可能去登報!妳還留自己的電話，這很危險妳知道嗎?」

「我用我自己的錢去登報，有什麼關係!」

「妳的脾氣，跟妳爸爸一個樣。」

「不然妳告訴我啊，詠玲在哪?」

「妳真的認為媽媽會知道嗎?」

「那就別管我。」

面對女兒強硬的脾氣，吳孟瑜深深的嘆了一口氣，接著說:「已經十五年了，妳現在找到她有什麼意義嗎？」

「媽，雖然我不知道妳為什麼那麼反對我和詠玲做朋友，但我們當時情同姊妹就是事實，我就是想找到她，和她分享我的每一天，完成我們的約定！」怡潔義正嚴詞的說。

「不可以！」吳孟瑜又恢復了嚴肅的表情。

「那就告訴我為什麼啊？」怡潔再也忍不住了，要求媽媽告訴她答案。

吳孟瑜坐在怡潔的床上，深呼了一口氣說：「如果可以，我跟妳爸爸，真的打算守住這個祕密一輩子的。」

怡潔露出疑惑的表情。

媽媽終於開口了：「詠玲，是我姊姊的女兒。」

♪

吳孟瑜的姊姊吳欣瑜，同時也是怡潔的阿姨，從小就是一個叛逆的不良少女，會偷父母錢包裡的錢，結交一群狐群狗黨、酒肉朋友，成天無所事事。

十六歲那年就離家出走，三年後頂著一個大肚子回家，外公始終不能諒解、外婆則是站在兩個人中間，常常安撫兩人失控的情緒。

不久後，吳欣瑜生下了一個健康的女孩。由於她不願意多談女孩親生父親的事情，因此讓孩子跟著娘家姓吳，並取名「玲玲」。

怡潔不由得目瞪口呆，以極度訝異的表情看著媽媽。

媽媽拍拍她的肩膀，並說：「可是不久後，姊姊又離家出走了，把年僅一歲的玲玲拋下來給妳外公外婆照顧，至今仍不知去向。」

雖然，怡潔知道自己有個失蹤已久的阿姨，但她萬萬沒想到，這個阿姨竟然和詠玲有如此深厚的關係。

「那詠玲為什麼會跟別人住在一起？」怡潔有些氣憤的問道。

「後來，外公過世，外婆一個人實在無法再撫養她，我也準備出國深造，不可能照顧這個孩子。於是便決定，將玲玲送給了村子裡的鄰居崔家富，他已經結婚四年，卻仍膝下無子，他們也承諾會好好照顧玲玲，沒想到……」媽媽露出了欲言又止的表情。

「沒想到什麼？」怡潔急切的問。

媽媽的眼眶突然變紅：「早知道，我不應該那麼自私的！我應該要領養那個孩子啊！」

玲玲到了崔家家富裡後，便改名為崔詠玲。為了保護孩子的心靈，大家決定不要將她的身世告訴她，雖然住在同一個村子，也希望吳家人盡量少來探望詠玲，減少一些來往，讓孩子有新的家庭、新的生活。

好景不常，在詠玲被收養的第二年，崔家富的太太生病過世了，又另外娶了一個女人——陳茜。

「那詠玲知道，先前還有另一個養母嗎？」怡潔指的是過世的崔太太。

「她不曉得。」媽媽回答。

崔家富的新太太陳茜，生性愛賭博，不到幾年的時間就賠光了崔家的家產，最後連房子也被法拍，崔家富只好帶著一家人連夜逃亡，從此不知去向。

吳孟瑜說，當她知道怡潔和詠玲成為好朋友後，頻頻反對的原因就是擔心有一天真相會爆發，詠玲無法承受；另一方面，也害怕怡潔受到崔家被追債的波及，才會一直反對兩個人在一起。

「媽，可是她是我姊姊啊……」怡潔聽完這一連串的告白，淚流滿面的看著媽媽。

「對不起，我們自私的決定，害妳們受苦了。」媽媽同樣也難過的回答。

「那阿姨呢？她現在在哪？」

「媽媽真的不知道，她已經離開十五年了，音訊全無……」

「難道沒有找過她嗎？」

「外婆一直到今天都還在找她，可是一點消息都沒有。」

怡潔生氣的說：「如果我不問，妳跟爸爸打算瞞我多久？」

「媽媽是為妳好啊……」

「那詠玲呢？有誰為她想過？」怡潔持續氣憤著。

「我們，是為了讓她可以重新開始，以當時的狀況，她跟著我們不會快樂的。」媽媽解釋著。

「怎麼可以那麼自私？」

「我們無可奈何。」

「什麼叫做無可奈何？詠玲是我的表姊啊！」

「媽媽很抱歉。」吳孟瑜難過的回答。

「這個家到底還有多少我不知道的祕密？」

「只有這件事而已，小潔對不起。」媽媽露出悲傷的表情說。

怡潔沉默不語，只是靜靜的上樓回到自己的房間，留下不知所措的媽媽獨自在客廳。

爸爸、媽媽，甚至是外婆都讓她覺得生氣，怎麼可以把詠玲隨便送給別人呢？還有媽媽口中的那位阿姨，也就是詠玲的親生母親，難道從來都沒有想找過自己的女兒嗎？

直到現在，她終於知道為什麼和詠玲總有那麼契合的默契和說不完的話，原來她們本來就是一對表姊妹，如今雖然真相大白，可是她卻不知道詠玲現在的去向。

「小潔，開門好嗎？」門外傳來媽媽的敲門聲，話語中帶有濃濃的擔心與歉意。

「吃點東西，算媽媽拜託妳！」

見怡潔沒有回應，媽媽繼續說：「我把晚餐放在門口，妳想吃的時候再吃吧。」

「還有，媽媽真的很抱歉，關於詠玲的事情。」

為了不讓媽媽擔心，怡潔還是默默的回了一個：「嗯。」

聽到怡潔的聲音，吳孟瑜似乎比較放心了，放下晚餐就慢慢的走下樓。

吳孟瑜沒想要，她苦心瞞了那麼久的祕密，最後還是告訴了怡潔。

她撥了通電話給人在國外出差的林飛煌，告訴丈夫這件事情。

林飛煌對於女兒的反應並不意外，並囑咐妻子要好好關心女兒，等他兩個月後回家，一家人再好好談論這件事該如何處理。

想著詠玲，吳孟瑜抱著深深的感嘆。

當年姊姊吳欣瑜的離開，給爸媽帶來很大的打擊。那麼多年了，她也很希望能夠有一點姊姊的消息，這個感覺應該就和怡潔對詠玲的想法一樣吧。

五、打勾勾

【十五年前】

今天特別熱。

炙熱的陽光照射在地面上，一抬頭完全無法睜開眼睛，好不容易吹過了一陣風，卻連風都是熱的，讓人的心情也跟著煩躁起來。

七歲的怡潔走在回家的路上，看著同學們紛紛跑到附近的小溪玩水，她也好想跟著去。可是，媽媽曾經警告她，放學後就直接回家，不要再去別的地方溜達，萬一有什麼事情發生，那就不好了。

「好熱喔——」怡潔忍不住停下腳步，坐在路旁的大榕樹下乘涼，正想從書包中拿水喝，才發現今天忘了帶水壺。

「唉。」她嘆了一口氣，便把帽子摘下來搧風。

學校到家裡的路程約十到十五分鐘。每個星期三是半天，中午十二點就放學，怡潔要求媽媽讓她跟同學一起走路回家，想多和大家聊聊天，只可惜大家今天都跑去小溪玩水了，剩她自己一個人。

她站起身，突然覺得胸口一緊，立刻暈眩過去，眼前一片黑暗。

♪

怡潔感到有一股清涼的微風，朝她的臉龐吹過。

她緩緩睜開眼睛，看見上方斑駁的天花板，心中納悶：「這裡是哪裡啊？」

她自顧自的東張西望，牆壁上貼著一張用拼圖拼成的風景圖，旁邊是一套老舊的木製書桌和椅子，桌上還有一頂橘色的學生帽，怡潔看不清楚上面寫的字。

「妳醒了啊！」一位聲音和相貌一樣和藹的奶奶走到她身旁。

怡潔嚇了一跳，連忙起身問：「我怎麼會在這裡？」

老奶奶微笑的說：「我去接孫女下課，經過老榕樹下發現妳倒在路邊了，妳是林怡潔對吧？」

「是，您怎麼會知道我的名字？」她驚訝的問。

老奶奶只是笑而不答，告訴怡潔如果感覺好多了再告訴她，她再送怡潔回家。

「哈囉！」

前。

「妳有好一點嗎？」這時，一個年紀約比怡潔大一點的女孩出現再她面前。

「我看到樹下躺了一個人，真的嚇了好大一跳，妳還好吧？」女孩緊張的問。

怡潔尷尬的說：「好多了，謝謝妳。」

「啊對了！」

女孩似乎想起了什麼，大喊了一聲然後伸出手說：「我叫崔詠玲。」

「我是林怡潔，今年七歲。」她也簡單的自我介紹。

兩個人握握手，怡潔突然看到牆角的木吉他。

「那個是？」怡潔露出好奇的表情問。

「喔，這是我最喜歡的東西喔！」

「真的啊？」

「爸爸說要把它送給我當生日禮物，雖然不是新的，但我還是很開心。」

「妳會彈嗎？」

詠玲有點難為情的說：「只會一點點。」

怡潔笑著說：「彈給我聽看看。」

於是，詠玲不太好意思的彈了一首《小星星》，她說這是她目前彈的最好的一首歌。

這讓怡潔想到，這也是她第一次學會彈的曲子。

「我有在上鋼琴課喔！」怡潔對詠玲說。

「真的？」

「我可以把一些簡單的譜給妳練習！」

「哇！太棒了，謝謝妳！」

兩個女孩，童言童語的對彼此訴說著對音樂的喜愛，詠玲還不吝嗇的唱出自己編的旋律，怡潔也大大的稱讚她。

「如果有什麼問題可以問我，我家就在新興新村巷口的雜貨店旁邊！」怡潔開心的對詠玲表示。

「嗯嗯，有空可以多來我家玩喔！」詠玲對怡潔也提出了邀約。

「好！」怡潔開心的點頭。

這才想起來，自己應該要回家了，看看牆上的時鐘已經一點多了了，晚了一個多小時，想必媽媽一定很擔心，她匆匆地與詠玲道別後，便跟著奶奶走回家了。

吳孟瑜顯得有些驚慌失措，將怡潔從奶奶手中牽過來，接著說：「崔奶奶，謝謝。」

「沒什麼，我們總不能袖手旁觀吧。」奶奶冷冷的說。

「那個……」

「妳放心，我什麼都沒說！以後請把她顧好吧！」說完，崔奶奶轉頭離去了。

媽媽這時才低下頭問怡潔：「有沒有跟人家說謝謝？」

「我有喔！」小小年紀的她點頭如搗蒜。

「那好，以後記得不要再去崔奶奶她們家了，不然爸爸、媽媽都會不高興。」媽媽露出一臉嚴肅的警告怡潔。

「為什麼？」怡潔歪著頭問。

「妳常常去打擾別人，這樣好嗎？」

「可是，我跟詠玲約好，下次要拿樂譜給她耶！」

「不可以！」媽媽大聲的說。

這一大聲嚇到了怡潔，媽媽也立刻向她道歉。

「對不起，媽媽有點累了，妳趕快去吃飯吧。」

說完，媽媽就到房間裡休息了。

就這樣，怡潔還是常常跑去找詠玲，剛開始崔奶奶會露出一種看起來不太高興的眼神，但久而久之，她覺得奶奶漸漸把自己當作孫女看待，嘴上還念念有詞的說：「情同姊妹，天經地義啊！」

但是媽媽那邊就不一樣了，起先她是騙媽媽要到同學家做功課，可是後來媽媽還是發現了，便再三叮嚀怡潔不準再去找詠玲，就連久久回來一次的爸爸林飛煌，聽到怡潔和詠玲成為好朋友，也強烈的反對，甚至提出要搬家，或是全家移民到美國，讓怡潔的心臟接受治療。

對於父母的態度，怡潔抱持著置之不理的態度，她覺得詠玲又不是壞孩子，為什麼不能和她當朋友？

兩人最常相約在星期一和星期五，這兩天怡潔要上鋼琴課，她們可以趁怡潔下課後自己走路回家的這段時間，偷偷跑去教堂「玩」鋼琴。這時，詠玲也會帶著吉他，與怡潔一起合奏，度過一個快樂的午後。

「嘿，兩姊妹又來了啊！」

這是教堂神父每次看到她們說的話。

詠玲對創作極有天分，她用那把舊吉他，彈出一首首屬於自己的旋律，讓怡潔十分欽佩。

♪

「我以後要成為鋼琴家！」

「那我要當作曲家！」

怡潔和詠玲，在一個晴空萬里的午後，在村子後山的草地上立下了這個約定，兩人打勾勾約定，無論如何都要完成心願。

「鋼琴老師說，我很有潛力，還建議媽媽讓我國中後直接去念音樂學校，接受各種訓練，還能學到其他的樂器。」怡潔對詠玲表示。

「真的啊，那真是太好了！」

「如果妳能跟我一起學鋼琴就好了，這樣妳作曲會更容易！」

「這是不可能的事。」詠玲低落的說。

怡潔下意識拍拍詠玲的背，並告訴他沒關係，以後會有機會的。

詠玲每次都只是笑而不答。

「等我成為鋼琴家的那天，上台表演的第一首曲目，一定是妳作的曲子！」怡潔鼓勵著她。

「哈哈哈，沒問題！」

「希望我們可以成名。」

天真的話語，伴隨著開朗的笑聲，穿越了整座後山，響起了陣陣的回音。

當晚回到家，正當怡潔一邊哼著歌，一邊打開家門時，爸爸林飛煌的臉突然出現在她的面前，起先她以為自己在作夢，接著才想起爸爸從美國出差回家了。

「爸，你回來了！」怡潔開心的說，便伸手去牽林飛煌。

「嗯，妳跑去哪裡了？」爸爸問。

「喔，我去散步啊。」怡潔心虛的回答。

爸爸蹲下身來，雙手扶住怡潔的肩膀溫柔的說：「為了詠玲好，以後不要再跟她一起玩了好嗎？」

「而且，爸爸這次回來，是要為妳辦手續。」

「手續？」年紀小小的怡潔，哪裡懂這兩個字的意思。

「爸爸決定，帶妳和媽媽到美國去。」

「美國？」

「那裡的醫療設備比較完善，爸爸想讓妳在那邊治療。」

怡潔一聽到要移民美國，離開熟悉的環境和同學以及最好的朋友詠玲，當然說什麼也不願意。

「我不要！」

「怡潔，妳聽爸爸說。」

「我不要！不要就是不要！」

「怡潔！妳要聽話！」

「我不要！人家不要！」怡潔一邊大吼一邊哭，左鄰右舍都來關心狀況。

「我就說，我不……要……」

「呼……呼……我不要……去美國……」說完這句話，她覺得心臟好像也跟著停止了，世界變得一片黑暗。

♪

醫院裡，消毒水參雜藥物的味道，讓怡潔再熟悉不過。

她轉頭看著爸媽正在門口和醫生交談著。

「你們不應該刺激她的心情。」隱約中，怡潔好像聽見醫生這麼說。

只見爸爸自責的點點頭，媽媽則站在旁邊握住他的手。

怡潔故意別過頭不看，不想讓他們知道她已經醒了。

「小迪，你覺得為什麼爸爸媽媽都不喜歡詠玲？」她抱著手中的泰迪熊自言自語。

「詠玲明明很好。」

「她是我最好的朋友。」

帶著這句話，不久後怡潔就進入了沉沉的夢鄉。

朦朧中，她聽見了觀眾的掌聲，她穿著一穿黑色的晚禮服，緩緩的走向舞台上的鋼琴前面，坐下來輕輕打開琴蓋，彈奏出一首首動聽的曲子，從蕭邦到海頓、從貝多芬到莫札特，讓觀眾沉浸在音樂的美妙中。

接著，她轉過頭看到坐在台下的詠玲，她正微笑的對她點點頭。

在手指飛快的彈奏間，不知不覺怡潔彈奏起那首詠玲常常哼在口中的旋律，只見觀眾們熱烈的鼓掌，似乎也很喜歡這首輕快又舒服的曲子。

「我們成功了！」怡潔覺得，詠玲正在用唇語對她說這句話。

怡潔不停的彈著。

音樂不停演奏著。

詠玲不斷的笑著。

觀眾不斷附和著。

即使不停的循環、不停的出現相同的音樂，怡潔還是感到興奮。

如果可以，真希望這個夢永遠不要醒過來。

六、消失

媽媽今天又沒有回來了。

奶奶說，那種女人不回來也罷，要我乖乖的陪在她身邊就好。

「丟人現眼！真不知道我們家富怎麼會娶她。」奶奶如平常一樣，一邊關上大門、一邊生氣的說。

「奶奶不要生氣。」我走到她身邊，輕輕的牽起她的手。

奶奶摸摸我的頭。

「早點睡覺吧。」奶奶叮嚀我趕快去休息。

她憂心的在客廳來回踱步，愁眉苦臉的神情讓人看了也跟著憂愁起來。

「家富這小子，一天到晚工作到那麼晚，身體受得了嗎？」奶奶擔心的說。

見奶奶眉頭深鎖的模樣，我接著說：「等爸爸回家，我再問他明天能不能早點回家，全家一起吃飯。」

「唉，真是苦了妳這孩子了。」奶奶心疼的看著我。

我笑了笑，便催促奶奶也趕緊上床睡覺。

奶奶回房後，我也回到了房間，坐在書桌前拿起抽屜裡的日記本。

二〇〇〇年二月十三日

今天和怡潔偷偷跑到村子後山，山上的空氣真是令人舒服。

我感覺怡潔的身體狀況變得比較不好了，沒走幾句路就氣喘噓噓，看起來非常需要休息。

我提議不要上山了，但是怡潔堅持，說她好想坐在那片草地上看我們的村子，我只好扶著她慢慢走，在心裡祈禱她的心臟病不要發作。

幸好，經過幾次休息後，她的身體狀況漸漸穩定了，我們手牽著手走攀上那塊翠綠的草地。

「我要當一位鋼琴家！」

「那我就要成為一位作曲家！」

我們打勾勾定下了約定，有一天我要把這些用吉他創作出來的曲子，在大家面前發表，而且讓怡潔彈奏。

前提是，希望奶奶身體健康、爸爸工作穩定、媽媽每天都能回家，我才可以安心的去做想做的事情。

老師說，對未來要抱持著正向的希望，好運自然就會降臨到身上，不能因為過得不順遂就怨天尤人。

晚安，我相信明天會更好的。

我闔上日記本，感覺眼皮越來越重。

正當睡魔即將侵占我的腦袋時，突然一陣聲響讓我回到了現實，我強迫自己睜開眼睛，走下床。

打開了門後，走到客廳把燈打開，立刻被眼前的一幕嚇了一大跳。

媽媽，被一個男人和一個女人拖了進來，她的表情十分驚恐，額頭上還在流著血。

那女人粗魯的放開媽媽，推了她一把，媽媽跌到藤椅上。

「你們是誰？」

「大半夜的跑來我們家做什麼？」奶奶鼓起勇氣，大聲的說話。

女人不吭聲，只是兇狠狠的看著媽媽、我和奶奶，她的眼神真是叫人不寒而慄。

旁邊的男人，這時走進來，在媽媽旁邊的藤椅坐下來，若無其事的點了一根菸。

他緩緩的說：「崔奶奶，妳也勸勸妳們家媳婦，沒有錢就不要出來跟人家賭博嘛！現在欠了我們一百多萬，你們有辦法還嗎？」

奶奶目瞪口呆的看著那個男人，隨即又轉頭看著媽媽。

媽媽別過眼神，不敢與奶奶四目交接。

女人從口袋裡拿出一張借據，說：「如果一個星期內，你們還不出錢，只好拿這間房子來做抵押。」

男人附和著說：「除了房子外，另外還有五十萬。」

「少了一半的金額，我想你們會輕鬆不少。」女人不帶任何感情的說。

「妳說什麼？」奶奶不敢置信的看著那女人。

「別開玩笑了，我們在這裡住了四十幾年，怎麼能說搬就搬！」

「可以啊，如果你們不搬走，我就打斷你們全家人的腿！」男人凶狠的看著奶奶。

「那我們就報警！」我不知道哪來的勇氣，突然脫口而出這句話。

奶奶緊張的看了我一眼，幸好男人並不把我的話放在心上，只是以一種藐視的眼神看著我。

男人直接把菸頭往桌上壓，木製的桌面立刻浮現的焦黑的痕跡。

「崔奶奶，您自己看看借據吧。」女人從口袋挑出一張紙，用力的放在桌上。

我知道奶奶不識字，便壯起膽子，走過去拿起了那張白紙。

「償還金額減半，並以崔家的房子做抵押」，字字寫得清清楚楚，旁邊的簽名也確確實實是媽媽的字跡沒錯，想賴也賴不掉。

「這是怎麼一回事？」爸爸站在門口，驚慌失措的看著屋子裡的每一個人。

「家富……家富……」看到爸爸回來了，奶奶再也掩飾不住心中的恐懼，走向爸爸就撲倒在他身上，全身一直在發抖。

媽媽沉默的看著爸爸，似乎正說著對不起。

爸爸轉過頭，看了看那對男女，接著說：「這次是多少錢？」

男人直接了當的回答：「一百萬！」

爸爸露出了一個我從未見過的驚恐表情，氣憤的看著媽媽。

「多久要還清？」爸爸問。

「阿富，看在我們的情分上，就給你們一個禮拜的時間。」這次換女人說話了。

「一個星期後，要是沒有看到錢，你們就準備搬家吧。」男人說完，便領著女人離開了家裡。

兩人走到一半，女人回過頭來提醒：「還有五十萬，別忘了。」

我嚇得雙腿發軟，癱坐在地上。

爸爸把奶奶扶進了房間，之後關上門。

客廳剩下我和媽媽，我勉強自已站起來，去浴室擰了一條毛巾，再走回客廳，替額頭不停流血的媽媽擦拭。

「詠玲，對不起。」媽媽自責的對我說，一邊流下眼淚。

我面無表情，不知道該說什麼。

我又在茶几上倒了一杯水，拿給媽媽。

媽媽接過茶杯，小小的喝了幾口。

接著媽媽說：「我真的不是故意的，他們說只要我願意賭，就有機會得到更多的錢，有了錢我們一家就可以有更好的生活，妳爸爸也不用那麼辛苦的工作……」

「媽……」

我不知道為什麼，覺得自己應該要生氣才對，但看著媽媽淚流滿面地說出這些話，我反而跟著她一起流淚，兩個人抱在一起痛哭失聲。

「媽，我不想離開這裡啊。」我抱著她，心裡想的卻是怡潔，和教堂的神父還有身邊老師同學們，一想要要離開這個從小到大成長的地方，就讓人害怕。

「我一定會想辦法的……啊！」媽媽突然一聲尖叫。只見爸爸氣沖沖的把她拉起來，用力的甩她一巴掌。

「妳告訴我，這是第幾次了？」爸爸面目猙獰的看著她。

「詠玲，妳先回房間！」

「這是命令！」爸爸的模樣，看起來既生氣又難過，我不敢不聽他的話，只好先退到一邊。

「對不起、對不起……」媽媽跪在地上。

我看著這個場面，很難接受自己的家竟然有一天會成為連續劇的場景。

「妳不是說不去賭了嗎？」爸爸凶狠的問。

「對不起，我只是希望能有更多錢啊——」

「有哪一次不是我為妳擺平的？」

「對不起……」

「妳不是說，上次就是最後一次了嗎？」

「我……」

「竟然還拿房子去做抵押，妳要我們以後要住哪裡？」

「這……我想……」媽媽欲言又止。

「妳說啊，快說！」爸爸催促著她。

我感覺，媽媽把眼神飄向我，然後把嘴巴湊到爸爸的耳朵旁邊，一說完，爸爸一把將她推開。

「妳不要太過分！」

「這是目前唯一的方法啊！」

「胡說八道，當初娶妳進門，才是最大的錯誤。」

「這是為了詠玲好啊，她本來就應該去該去的地方！」

「不要再說了！」

爸爸惱怒的看著她，用力的敲了一下牆壁，這才發現我原來一直沒有進房間，站在客廳的角落。

「詠玲，立刻回房間。」

他一邊說一邊推著我的肩膀進房，並把門關上。

之後，雖然我努力要聽他們的對話，卻再也聽不見什麼。

♪

我徹夜未眠。

整個晚上都在想，媽媽口中的「為我好」到底是怎麼一回事？難道是想把我賣掉嗎？賣掉我可以得到一百萬嗎？

如果真是如此，只要可以幫助家人不受威脅，我也願意。

奶奶常說，我是一個善解人意的孩子，她很感謝我成為她的孫女。

「可是我本來不就是她的孫女嗎？」我納悶著。

天剛亮，就聽見奶奶的腳步聲。

我起床，打開房門，看見奶奶跪在祖先的靈壇前，嘴上還念念有詞，想必她是在向祖先們祈求，家裡可以順利的度過這場難關。

爸爸跟媽媽不知道上哪去了，一早就不在家。

奶奶說：「他們去籌錢了。」

「那他們今天會回家嗎？」

「奶奶也不知道，我們現在只能過一天算一天了。」奶奶露出非常無可奈何的表情說。

我默默地吃著早餐，想著接下來一家人會遇到的事。

然後又若無其事的揹起書包準備去學校。

「奶奶再見。」我對奶奶擠出了一個微笑。

「今天，早點回家吧。」奶奶回應。

我點點頭，便走出了家門。

再走兩個路口的第二個路燈下，是我和怡潔每天相約的地方，我們都會約在那裡再一起上學。

「嘿，詠玲。」一看到我，怡潔立刻露出燦爛的笑容。

「早安。」我沒精神的回應著。

「我跟妳說，我昨天夢到我在台上表演，彈著妳做的曲子喔！」

她好像沒有發現我的異常，又繼續滔滔不絕的說：「我們都穿得很華麗，好像還有戴珍珠項鍊，奇怪的是，我們的臉竟然還跟現在一樣，完全沒有長大。」

「哈哈哈哈哈！」說完，怡潔大笑了起來。

「哈哈！」我盡可能的附和著她。

一路上，我幾乎沒講話，而怡潔好像也沒發現我的不對勁，一直說著接下來鋼琴課，老師又教她哪些新的曲子，很興奮的跟我分享著。

「那就下課後再見囉！」怡潔朝我揮揮手，往三年級的教室走去。

我點點頭，接著走到五年級的教室。

今天的時間過得特別慢，每分每秒都像是煎熬，一心只想趕快回家，希望回到家時，爸爸、媽媽和奶奶都在，昨天的事情完全沒有發生過。

老師在台上賣力的講解著數學習題，我卻一個字都聽不進去。

「崔詠玲！」

「崔詠玲同學！」

我被老師突如其來的叫聲嚇了一跳，立刻從椅子上跳起來。

滑稽的模樣，讓同學們哄堂大笑。

「大家安靜！」老師拍拍黑板，便告訴大家他需要帶我去一趟辦公室，請同學先自習，不要喧鬧。

「風紀股長，請負責維護班上的秩序。」

「詠玲妳跟我來！」說完，老師帶著我離開教室。

我正打算問老師發生什麼事情，卻發覺他的面容異常嚴肅，我趕緊將即將說出口的話吞進去。

到了辦公室後，空無一人，大概所有的老師都去上課了。

這時，我看見一個熟悉的背影出現在老師的座位旁邊，是爸爸。

「那就麻煩您了。」爸爸對老師伸出手，兩個握握手後隨即放開。

「詠玲，保重。」老師看著我說。

我完全搞不清楚狀況，傻傻的看著老師。

爸爸開口說：「詠玲，我是來幫妳辦轉學手續的。」

「轉學？」我驚訝的喊了出來。

「我們得走了，回家的路上再跟妳解釋，趕快謝謝老師。」

「等一下，這是怎麼一回事？」

「老師，謝謝您對詠玲的照顧。」爸爸不顧我的問題，與老師點頭示意後，便用力的拉著我的手離開。

我生氣的看著他，卻不敢說話。

一出校門，我甩開爸爸的手問他：「為什麼要轉學？」

他停下腳步，難過的看著我說：「我們必須逃了。」

「逃？」

「不要說一百萬，爸爸連五十萬都籌不到，我們得離開現在這個家。」

「那奶奶呢？」

「一起走，我們全家一起走。」

「可是，奶奶說這間房子她住了四十年了啊，怎麼可以說走就走？」

「我們如果不走，全家人的生命都有危險！」

我終於明白了事情的嚴重性，無法還給那對男女錢，他們一定會做出傷害我們的事情。

「媽媽已經在家裡準備了，我們搭下午的火車離開。」

「我們要去哪裡？」

「暫時投靠爸爸在屏東的朋友。」

♪

回到家後，我簡單的收拾行李，再次看看這個從小到大生活的地方。

牆壁上還有記錄我身高的線條，還有小時候用蠟筆亂畫的痕跡，看著看著心中不禁難過了起來，眼淚掉了下來，怎麼樣也停不住。

「詠玲，走了。」媽媽在房間門口催促著我。

我走了出去，看見奶奶也雙眼紅腫。

不必多說什麼，奶奶此刻的心情一定非常傷心，一句話也不想說。

爸爸手上提著大包小包，要我們動作快一點。

我突然想到一件事。

「我還沒有跟怡潔道別。」

七、遠赴

下午的音樂課，老師叫怡潔到台上為大家彈奏《一同去郊遊》這首歌，她輕輕的敲著琴鍵，全班一起合唱，就連平常愛找怡潔麻煩、上次邀她比賽跑步的那兩個男同學，也都跟著一起唱了起來。

怡潔想起鋼琴老師曾經說過：「音樂，具有感染人心的力量。」她特別喜歡這句話，也和詠玲分享過。

她心想：「今天下課一定要告訴詠玲，我在全班面前彈鋼琴。」

等了好久，放學的鐘響響起了。

怡潔開心的收拾書包，到校門口等著詠玲出現。可是，等了好久好久，都沒有看到詠玲，天色越來越黑，她只好摸摸鼻子先回家。心想，詠玲大概有事先回家了吧。

她特地繞到詠玲家看一下，但是裡面黑漆漆的，燈都沒有開。

「難道是去旅行了嗎？」怡潔心中納悶著。

一進家門，怡潔走到廚房問正在做晚飯的媽媽：「媽，妳知道詠玲他們一家搬去哪裡了嗎？」

吳孟瑜放下手上的鍋鏟，緩緩的蹲下，扶著怡潔的肩膀說：「他們永遠不會回來了。」

「怎麼可能？」怡潔訝異的說。

她不相信詠玲會不告而別，不顧媽媽的反對，她衝出了家門。

「怡潔妳等一下！」

「不可以跑步！」

心急如焚的怡潔，哪聽得進媽媽的話，她三步併作兩步的跑到大街上。

「詠玲，妳不會離開的對吧？」

「妳忘了我們的約定了嗎？」

她氣喘如牛的衝到詠玲家門口，此時心臟感到劇烈的疼痛，但她顧不了那麼多，她撐起身子，用盡全力敲起詠玲家的門。

可是，不管她怎麼敲，都沒有人出來。

「怡潔！怡潔！」媽媽跟在她身後，大聲的呼喊著她。

吳孟瑜的叫聲，引起了左鄰右舍的注意，大家紛紛走出家門，查看外面究竟發生了什麼事情。

「天啊……」

「誰來救救我的女兒？」

「她昏倒了，拜託幫我叫救護車啊！」吳孟瑜的哭聲，將那些看熱鬧的群眾拉回現實。

只見怡潔滿臉通紅、嘴唇發紫，眼睛半閉，右手緊緊的抓著左邊心臟的衣服。

「怡潔、怡潔，妳聽得見媽媽的聲音嗎？」吳孟瑜聲嘶力竭的呼喚，但怡潔依舊沒有反應。

一旁有個年紀稍長的婦人說：「救護車馬上就來了。」

怡潔感到全身輕飄飄的，整個人好像飄向了空中，那片蔚藍的藍天，恣意的和雲朵快樂的共舞著。

♪

救護車抵達醫院後，怡潔被兩三個護士從擔架上拉下來到醫院的病床。

「醫生，她沒事吧？」吳孟瑜激動得拉著醫生的手問。

「大家先出去！」

「小林，把這位太太拉出去。」急診室裡，亂七八糟的情況讓吳孟瑜亂了分寸，她不曉得現在應該要怎麼辦，頭髮凌亂的她焦急的坐在急診室外等候。

「得趕快通知孩子她爸。」她站起來，走到醫院外的公共電話亭。

她看了看手錶，現在美國的時間是早上，林飛煌應該已經起床了。

「哈囉？」電話響了好一會兒後，傳來丈夫的聲音，吳孟瑜又再一次的痛哭失聲。

「是我。」她帶著哭腔回應。

「怎麼了？聲音聽起來這麼緊張？」

「小潔她……小潔她……」她一邊啜泣一邊說。

「慢慢說，怡潔她怎麼了？」

於是，吳孟瑜將怡潔為了找詠玲的事情告訴丈夫，兩人立即達到共識，必須讓怡潔趕快到美國去接受治療。

吳孟瑜掛上電話後，立即飛奔到女兒身邊。

這時，剛好醫生做出了診斷，告知吳孟瑜得好好讓女兒靜養一段時間，千萬不能再讓她跑步或是做其他激烈的運動。

而且，隨著年齡的增長，心臟的負荷會越來越大，長大後勢必需要尋找合適的心臟做移植手術，對怡潔未來的生活會比較有保障。

這件事情對怡潔原本就虛弱的身體產生了重要的影響。

她常常看著窗外發呆，或是兩眼無神的看著遠方；吃飯時也在發呆，飯也沒吃幾口。心臟的狀況也越來越不穩定，常常沒來由得痛起來，讓身邊的人十分擔心。

出院後，媽媽每天送她上下課，就連鋼琴課也不例外，她再也沒有多餘的時間去找詠玲的下落，每天鬱鬱寡歡，想著詠玲不告而別的原因。

怡潔不明白，前一天還好好的，怎麼可以說消失就消失。

「林怡潔，聽說妳最好的朋友不見了！」說出這句挑釁話語的，正是上次要怡潔和他比賽跑步的男同學，怡潔甚至連他的名字都記不得。

「不要煩我。」怡潔冷冷的說。

「聽我爸說，他們是為了躲債所以才搬家的。」男同學突如其來的說出這句話。

「你說什麼？」怡潔轉過身，走到男同學的面前，抓緊他的領子。

「妳可以先放開我嗎？」

「抱歉。」

「妳真的很像母老虎耶！」

「你知道詠玲人在哪裡嗎?」怡潔不理會他的話,繼續追問。

男同學拉拉衣領,接著說:「就是那個五年級的長髮姐姐嘛!」

怡潔瞪著他。

「我爸說,因為他媽欠了地下錢莊很多錢,他們繳不出來所以只好先逃離這裡,避免全家的安全受到威脅。」男同學說。

「你說的是真的?」

「我騙妳幹嘛。」

聽到男同學的話,怡潔二話不說的往教職員的辦公室走去。她竟然現在才想到,可以去向詠玲的班導詢問消息。

「喂!妳沒跟我說謝謝耶!」男同學在她的身後叫道。

上課的鐘響起了,但怡潔顧不了那麼多,她堅決一定要找到那位老師。

她進入辦公室後,依照座位上的名字和班級編號,順利找到老師的座位。

詠玲的班導是位男老師,矮矮胖胖的,看起來脾氣很好。

怡潔站在他的桌子前,他正在用心的改著數學作業,感覺到有人在盯著他看,便抬起頭,與怡潔四目交接。

「小朋友，有事嗎？」

「老師您好，我是三年七班的林怡潔。」怡潔簡單的自我介紹。

「嗨，怡潔。現在已經上課囉。」他提醒怡潔。

「我知道，但我有一件事情一定要問您不可！」她清楚的表明來意。

老師放下手中的紅筆，看著她說：「要問數學的習題嗎？」

「我想問崔詠玲同學的事，老師您知道她現在人在哪嗎？」

這位胖胖的老師，看起來有點驚訝，但很快回過神來問怡潔：「妳問這個做什麼？」

「她是我最好的朋友，我想跟她連絡。」

「很可惜，我真的不知道她在哪。」

他和怡潔說，那天詠玲的爸爸崔家富，匆匆忙忙的到學校長他說要幫詠玲辦轉學，而且當天就要辦，感覺有什麼很急的事情。

之後，他將詠玲從教室帶出來後，崔家富就草率的告別，將詠玲帶走了。

一切都來得太突然，讓人不知所措。

「這樣啊……」怡潔失望的低下頭。

「不好意思，沒幫上妳的忙。」

「謝謝老師。」

怡潔轉身離開，這時老師突然在她背後說：「不要擔心詠玲，她是一個堅強的孩子，妳們有一天一定會再見面的。」

「謝謝。」怡潔轉頭，對著他淺淺的一笑。

♪

「去美國？」怡潔詫異的看著爸爸。

今天放學回家，看到擺在門口的皮鞋，怡潔知道爸爸從美國回來了。

「我和媽媽決定，要先把妳送到美國做治療。」

「到了美國，要怎麼去念音樂學校？」

「這點妳不用擔心，爸爸打聽過了，會送妳到美國的音樂學校就讀，在那裡也會有一流的老師教妳。」林飛煌向怡潔解釋。

「怡潔，為了身體著想，妳就聽爸媽這一次吧，好嗎？」媽媽走到她身後，溫柔的將雙手放在她的肩膀上。

她覺得，自己好像朝夢想越來越近了，可是詠玲呢？

她還記得這個約定嗎？
如果詠玲當她是朋友，怎麼會到現在都還沒有出現呢？
怡潔看著爸媽，點頭答應了。
準備出發的前一天，她寫了一封信，放在詠玲家的信箱。

詠玲：
當妳看到這封信的時候，我已經在美國了。
妳過得好嗎？
妳離開之後，我的身體越來越差，心臟常常莫名得痛起來，為了未來、也為了完成我們的約定，我得到美國接受治療。
你們家都還好嗎？奶奶還有在咳嗽嗎？
我想，妳應該是不太方便跟我聯絡，並不是真的把我忘了吧。
如果妳看到了，記得一定要與我聯繫。
到美國安頓好後，我會與教堂的神父通信，到時候妳再跟他索取我在美國的聯絡方式就好了。
希望妳一切安好。

怡潔

♪

上了飛機之後，怡潔心中突然響起了詠玲時常哼在口中的那段旋律。

她望著窗外遠處的高山，那片蔚藍的天空，讓她想到了跟詠玲訂下約定的那一天。

「詠玲，再見了。」

怡潔輕輕閉上眼睛。

隨後耳邊傳來了轟隆的起飛聲。

八、從不間斷的信

怡潔一家定居在加州的洛杉磯，在這個遼闊又人口眾多的溫暖城市，每天對她來說都像是新鮮的旅程，與人的溝通、生活上的調適、飲食上的適應，花了她大半的時間來調整。

他們住在郊區的一間獨棟洋房，就是電影裡常常會出現的場景。兩層白色木造的外觀、門前又一片大大的草皮，他們還養了一隻名叫ＨＡＰＰＹ的狗狗；屋子內有一個壁爐，上方擺了全家福照片；樓上有三間房間，溫馨整潔，沉浸在溫暖的格調中。

「以可樂代酒，歡迎我們的新生活！」一切都安頓好後，全家人一起圍在方形的桌子共進晚餐，慶祝即將展開的新生活。

三個人一起喝著可樂，開心嘻笑著。

「乾杯！」他們開心的度過一個快樂的夜晚。

唯一美中不足的是，怡潔依舊掛念在遠方的詠玲。

♪

二〇〇一年四月十三日

親愛的詠玲

最近好嗎？因為一直沒有收到妳的消息，我決定先跟妳聯繫。

美國這裡的生活很好，我也認識了一群新的朋友，

奇怪的是，這裡的學校竟然是一座大樓，沒有操場，

媽媽說這裡的學校大部分都是這樣，這點我比較不習慣，

我猜她一定是害怕我又亂跑步所以才找這種學校吧。

哈哈，如果收到信記得回信唷，

我每個月也都和神父通一封信呢！

怡潔

到美國後不久，爸媽為怡潔找了一所小學就讀，對怡潔而言這個地方一點都不像學校，反而像辦公大樓。

「各位同學注意，歡迎我們的新同學林怡潔！」金頭髮的老師「南西」，用流利的中文介紹她。

值得慶幸的是，還好她的同學全部都是台灣人，大家都會講中文，免去了重新學習溝通的麻煩，但還是要每天單獨上英文課，加強語言的能力，畢

竟在這裡生活，入境隨俗是必要的。

她交了一個朋友，名字叫「蘿拉」，每天都綁了兩隻可愛的小辮子，身子瘦瘦小小的。和怡潔相同的是，他們一家到美國也是為了幫蘿拉治病，讓怡潔有一種「同為天涯淪落人」的感覺，時常心有戚戚焉。

蘿拉的年紀比怡潔還小，常常跟著怡潔身後，像個小跟班一樣。

聽媽媽說，蘿拉患有先天的腸胃疾病，很多東西都不能吃，所以才會那麼瘦小。每當看著蘿拉削瘦的臉龐，怡潔覺得，自己可以吃那麼多好吃的東西，也是一件幸福的事情。

兩人不僅在學校走在一起，連去醫院的時候也時常遇到。這讓怡潔漸漸淡忘失去詠玲的憂傷，開始展開笑顏，面對每一次的挑戰。

二○○三年一月一日

親愛的詠玲

一直忘記告訴妳，小學畢業後，我就會到音樂學校就讀了，聽說那邊師資一流，我打算除了鋼琴之外再學長笛，做為輔助。

妳呢？

還有在作曲嗎？

有時候，我還是會不知不覺彈奏起妳常常哼在口中的那段旋律，

媽媽問我，這是什麼音樂？我都只是對她笑笑的不說話，

因為這是我們之間的祕密。

新的一年到了，

這裡好冷喔，可惜洛杉磯不會下雪，

好想堆雪人呢，記得我們以前常說，要是哪天遇到下雪的天氣，

要拿草莓果醬做刨冰的事情嗎？

我對雪的第一印象就是刨冰，哈哈！

祝妳新年快樂

怡潔

二〇〇四年八月八日

親愛的詠玲

今天是父親節，我們邀請了隔壁的鄰居一起慶祝。

媽媽烤了一隻雞，感覺好像在過感恩節，

我還偷喝了一口紅酒，香香苦苦的，不知該怎麼形容。
爸爸說我到美國後，心臟的問題有漸漸好轉，
不過那些老毛病還是沒有起色，
這點醫生也一直在努力中，我也會繼續加油的。

怡潔

連續三年，怡潔不間斷的持續寄信給詠玲，卻始終收不到回音。
原本打算放棄了，但村子裡的神父總是在信上告訴她，詠玲應該是有不得已的苦衷，她們以前那麼要好，她不可能忘記她的。
神父在與怡潔的通信中表示，詠玲一家人仍舊不知去向，外門的欄杆漸漸生鏽腐蝕了，蜘蛛網也越來越茂密，村子裡的其他人，也都沒有和他們聯繫，彷彿人間蒸發一樣，消失在這個世界上。
「該不會發生不好的事吧？」怡潔不只一次在心裡問自己。
最後，怡潔就抱著「沒消息就是好消息」的想法，希望詠玲一家平安，也堅持每年一次要寫一封信給她。

二〇〇五年九月十八日

真是太暢快了！

詠玲，你一定不知道我今天去了哪裡！

沒錯，我去了海邊，是海邊喔。

我要求了爸媽好久，他們終於答應讓我跟同學的家人一起到加州的海灘旅遊。

雖然只有曬曬日光浴跟踩踩海水，不能下去游泳，但還是很有趣，心情也跟著好起來了。

台灣的夏天也很熱吧，

好懷念以前我們常常跑去柑仔店買的枝仔冰唷！

真希望妳也在這。

對了，我明年就要去音樂學校念書囉，

這個好消息，我要第一個跟妳分享！

永遠的好朋友

怡潔

二〇〇六年秋天，怡潔順利進入音樂學校就讀。

這回跟之前不一樣，她的同學是來自世界各地的朋友們，大家都有自己擅長的領域，她主修鋼琴、副修長笛，每天都在嚴格的訓練中度過。

小學的好朋友蘿拉，病情控制得穩定，半年前已經先回台灣了。

也許是因為蘿拉回家的關係，她突然產生濃厚的鄉愁，還好學校的訓練不允許她沉溺在思鄉的感受中太久，每當她覺得眼淚快要留下來時，學校立刻又發起了一個新的特訓，完全沒有喘息的空閒。

這樣的生活對怡潔來說雖然辛苦，但也多了一份挑戰。

從此，她的生活只剩下學校、醫院和家裡，在這三個地方輪流跑來跑去，樂此不疲。

只是，這個時候她發現，身體的狀況好像變糟了，常常覺得胸悶、容易喘，如果走太多路就會覺得累。

起先她壓根不放在心上，直到有一天她在學校昏倒了失去意識，被救護車緊急送到醫院。

「你們要好好注意她的作息，她患有先天性的疾病，作息一定要正常。」醫生一邊囑咐一邊在點滴中打入營養劑。

「是的，我們會多注意的。」

「謝謝醫生。」

林飛煌和吳孟瑜夫妻倆異口同聲的說。

這次事件過後，怡潔便常常往醫院報到，但她並沒有因為身體不好而放棄鋼琴，只要覺得體力還可以，說什麼也都一定要去學校。

二〇〇九年十一月十七日

親愛的詠玲

我又住院了。

聽醫生說，我的身體好像變糟了。

不過妳也不要太擔心，我想一定是因為最近學校的訓練太累了，精神不夠好才會這樣。

最近，我常常在不知不覺中，突然想到我們約定的那片草原，

當時也是妳扶著我往山坡上走，如果沒有妳，我大概一輩子也到不了那片草原吧。

現在我正在醫院靜養，閒暇的時候，就想給妳寫寫信。

祝妳一切安好
永遠的好朋友

怡潔

♪

就這樣，一直到二〇一五年，怡潔每年都會寫一封信寄到詠玲家。

不知道不覺也過了十五年，就這麼過去了。

某天下午，當爸爸從醫院送剛做完檢查的怡潔回家時，在車上對她說：

「小潔，我們要回家了。」

「回家？不回家我們還能去哪？」她一時還沒反應過來。

「爸爸的意思是，我們要回台灣了。」

「真的？」怡潔不敢置信的看著爸爸。

林飛煌點點頭。

「真是太好了。」

她開心的挽著爸爸的手，好像剛剛抽血的地方都不痛了。

二〇一四年四月十九日

親愛的詠玲

這是我在美國寫給妳的最後一封信。

我要回台灣了！

沒想到，在美國療養了那麼久，最終還是要回台灣動手術。

聽說找到了一顆適合我的心臟，這個月底就可以進行換心手術了，

妳是不是很替我開心呢？

更巧的是，我原本在美國待的樂團，將在台灣設立分部，幾個樂團內的台灣人都一併返鄉了，

是不是很剛好呢？

期待回去後，可以見到妳！

怡潔

九、栽贓

【現在】

二〇一五年底

休息了近一個月，怡潔再度回歸樂團。

「妳終於回來了！」江曉涵給她一個大大的擁抱。

「在家有練琴吧？」陳映如也出現在她的身旁。

「團長時不時問我有沒有和妳連絡呢！妳看他多關心妳。」陳映如說。

「團長刀子嘴、豆腐心。」曉涵和怡潔異口同聲的說。

三人開心的對彼此笑著。

「大小姐回來了啊。」一聽到這個調侃的聲音，就算用膝蓋想也知道是誰。

怡潔心裡不禁覺得有點好笑，每次她回到樂團，這對雙胞胎兄弟，無論颳風下雨都會出來迎接她，不管手上有多重要的練習，也要見到她，調侃她兩三句才甘心。

張家偉和張家琪兩兄妹，雙手抱胸的瞪著他們三個。

「你們真的是……」

「曉涵！」陳映如把正準備衝過去理論的江曉涵拉住。

「映如姐，他們太誇張了。」

「不管怎樣，團裡面不應該發生爭執的事件。」

「可是，他們頻頻針對怡潔是事實啊。」

「好了，不要說了！」陳映如繼續制止。

「我要去告訴團長！」

「曉涵，妳……」陳映如話說到一半，怡潔就走到兩個兄妹的面前。

她先對他們鞠躬，接著說：「因為我休假，害這組進度落後，真是抱歉。今天開始，我會好好練習，把前面的進度都補回來的。」

說完，怡潔頭抬起來，眼神帶有殺氣的看著他們。

「哼，知道就好。」家琪看到怡潔的態度，便自討沒趣的拉著哥哥離開。

兩人走進去練習室後，曉涵立刻拍手叫好：「林怡潔，妳真是太帥了！」

「妳還敢說，差點就跟人家吵架了。」

「怎麼這樣講啊，我是為妳抱不平耶！」開朗的她，作勢露出凶狠的表情，一邊加上動作，做出揮拳頭的樣子。

陳映如搖搖頭，她真不知道該怎麼說這位充滿正義感又衝動的妹妹。

她對怡潔說：「妳自己要小心一點，畢竟他們兩兄妹是樂團的元老。早在我們在美國入團時，他們就已經在了。」

怡潔點點頭，表示自己會注意。

「大家，快回到崗位去練習！」團長李修平走出門口，用力的拍拍手，催促團員加緊腳步練習。

怡潔與團長四目交接，李修平沒有說什麼，就轉身離開了。

「大魔王出現了。」曉涵偷偷的用氣音說。

「團長的威嚴永遠讓人膽顫心驚。」怡潔心裡想著。

♪

說也奇怪，自從休息後回到樂團，每次團練的時候，怡潔總覺得鋼琴哪裡不對勁，好像怎麼彈都不順手，不知不覺就會出錯。

「妳到底會不會彈琴啊？」張家偉生氣的把樂譜往怡潔面前的鋼琴上丟。

「對不起。」

「要錯幾次才甘願？」

「我覺得鋼琴怪怪的。」

「奇怪的是妳吧。」一旁的張家琪，也開始搧風點火。

「不要以為妳生病、開過刀，大家就應該忍受妳。」張家偉氣憤的說。

怡潔氣到很想回話，但她忍住，接著說：「我失陪一下。」

「怎麼樣，講兩句就不行嗎？」

「人家大小姐啊！」

不管背後兩個人的嘲諷，怡潔繼續向前走。

經過幾個團員，有人用手拍拍她的肩膀，她笑笑的回答：「沒事。」

♪

「歡迎新血加入！」李修平隆重的向每位團員介紹。

「大家好，我是林怡潔，主修鋼琴。」

「我是江曉涵，主修小提琴。」

大夥兒拍手，在空曠的禮堂中響起了熱烈的掌聲。

這是怡潔和曉涵剛進入陽光樂團的場景，兩人很幸運的和比大她們兩歲的優秀姐姐陳映如同一間寢室，三人很快便成為好朋友。

有時怡潔因為去醫院，或是身體不舒服時，曉涵與映如都會互相照應。

一天晚上，當三人正準備休息時，門外響起了陣陣的敲門聲。

「誰啦？」曉涵對著門大喊。

沒有人回應。

「到底是誰啦?今天練習很累耶！」

「我的手都快跟小提琴融為一體了。」曉涵一邊抱怨一邊起身下床。

睡在下鋪的怡潔說：「還是我去吧！」

「麻煩妳了。」映如說。

怡潔穿上睡袍，走到門口打開走道燈，然後打開房間的門。

沒有人。

三人見狀不禁心裡發毛，不寒而慄。

「這是什麼情形？」曉涵害怕的說。

陳映如壯起膽子，也下了床走來怡潔身邊，正準備把人關上，突然看見門縫中夾著一張字條：

情。

祕密集會
時間：凌晨兩點
地點：二〇七練習室
參加人：張家偉、張家琪

「這什麼啊？」怡潔拿著字條心裡納悶著。

「張家偉、張家琪……」

「喔，就是長得一樣的那對雙胞胎兄妹嘛！」曉涵露出恍然大悟的表情。

「曉涵，雙胞胎不是本來就長得一樣嗎？」怡潔無奈的看著她。

「對耶！」曉涵說。

「不過，他們所謂的祕密集會是怎麼回事？」陳映如說。她十五歲時就進入樂團，從來沒遇到這樣的事情。

曉涵好奇的問：「要去嗎？」

三人面面相覷，卻抵擋不了心裡的好奇，決定去看看狀況。

到了凌晨兩點，她們躡手躡腳的離開房間。

手上拿著手電筒，曉涵還笑說好像在辦試膽大會。

此時怡潔的心臟抽痛了一下，她停下來深呼吸，三秒後痛苦的感覺立刻消失了。

「妳沒事吧？」映如轉過頭問她。

怡潔點點頭，示意要繼續往前走。

來到二〇七練習室的門口，裡頭連燈都沒開。

映如首先鼓起勇氣拉開教室的門，往裡頭探了探，問了句：「有人嗎？」

鴉雀無聲。

「有人在嗎？」這回怡潔也加入了陳映如。

「沒有人在啦！」曉涵害怕的說。

「誰說沒有人在！」就在這時，練習室裡以為是大鼓的影子突然動了，三人看到立刻尖叫。

「啊！」

「有鬼！」

「我們快逃！」

三人害怕得蹲在地上。

此時，練習室的燈打開了。

張家偉露出嫌惡的表情，看著她們說：「我剛才睡著了。」

「你為什麼要嚇人？」曉涵生氣的看著他。

「那是妳們太膽小。」說話的人是突然從怡潔身後冒出來的張家琪。

「有什麼事情，讓你們大費周章的塞字條在我們房間門口？」陳映如開門見山的問。

「你們先進來吧！」張家偉說。

於是，怡潔、曉涵、映如和這對雙胞胎兄妹就坐在練習室中，大眼瞪小眼。

「我就直接說了，我們想要罷免團長。」張家琪終於說話了。

「什麼？」陳映如驚訝的看著他們。

「妳們願不願意加入？」張家偉問。

「怎麼可能！你們怎麼可以這樣？」曉涵氣憤的說。

「要是加入我們，以後有好處絕對不會忘記妳們的。」張家偉在一旁補充道。

「太誇張了吧！」

「你們太過分，我現在就去告訴團長。」陳映如憤怒的說。

這是怡潔和曉涵第一次看到她這麼生氣。

「去啊，妳覺得他會相信妳們嗎？」

「況且，半夜偷跑出來是被禁止的。」張家偉一邊說一邊露出邪惡的笑容。

曉涵拿著字條亮在他們面前，生氣的說：「我們有這個。」

張家琪立刻搶過來，把字條撕碎：「現在沒有了。」

「總之，我們會持續動作，等待機會來臨的那一天。」

「到時候我就是團長，副團長是家琪。」兄妹兩人看著彼此笑著。

「想都別想。」怡潔說話了。

只見她從口袋，拿出了錄音筆：「我們要罷免團長。」

這一句話錄得清清楚楚。

♪

也許就是因為這件事，讓雙胞胎兄妹認為有把柄在怡潔手上，卻又無可奈何，所以總是藉故要找她麻煩。

另一方面，怡潔也不希望團長知道這件事，即便一兩年過去了，怡潔還是沒有舉發他們，也不見他們有任何奇怪的動靜。

「怡潔，大事不好了！」一位女團員衝進來廁所，要怡潔趕緊回來練習室。

「發生什麼事情了？」怡潔困惑的看著她。

「團長來檢查大家的樂器，發現鋼琴的琴弦被切掉了。」她擔心的說。

「難怪我老覺得鋼琴怪怪的。」怡潔在心裡想著。

「妳怎麼了？」她看著那位快哭出來的女團員。

「那根斷掉的琴弦旁邊，有妳的項鍊墜子。」

♪

「團長你要相信我！真的不是我！」怡潔拼了命解釋。

李修平面無表情的看著她。

「那妳說，這個項鍊墜子應該怎麼解釋？」張家偉露出生氣的表情問她。

「我承認那個墜子是我的，但真的不是我啊。」

「明明就是妳！」

「不是！」

「事實都擺在眼前了，還想狡辯！」

「是你吧，張家偉一定是你！」

兩人在李修平面前吵得不可開交。

怡潔回想起兩天前，她的項鍊突然斷掉，墜子也就跟著不見了，她還在練習室找了好一會兒，卻怎麼也找不到。

那是待在美國時爸爸送給她的十八歲生日禮物，她一直都戴在身上。

就連開刀的時候，她也是把這條項鍊握在手中，相信會給她帶來勇氣。

這麼重要的東西，怎麼可能會平白無故跑到鋼琴裡面，這絕對是有人動手腳。

「全部給我閉嘴！」李修平突然大吼，把大家都嚇了一跳。

「團長，分明就是她想陷害我。」張家琪指著怡潔說。

「你不要作賊喊抓賊。」怡潔氣到臉都紅的。

「那妳說，為什麼斷掉的琴弦旁邊有妳的墜子？」張家琪咄咄逼人的問。

「我怎麼會知道？說不定是有人撿到故意拿來利用的。」怡潔說。

「妳不要血口噴人！」張家偉突然冒出了這句話。

「你說什麼？」聽到這句話，情緒激動的怡潔不顧一切的要衝到張家瑋身旁，想要狠狠的甩他一巴掌。

映如和曉涵見狀後，趕緊將她拉到一旁。

「放開我！」怡潔奮力的掙扎。

「把琴弦弄斷，想讓我出錯，妳就可以順理成章負責全國演出的主要鋼琴手對嗎？」張家琪露出嫌惡的表情看著她說。

「是妳做的吧！」怡潔也不甘示弱的回答。

「怡潔，雖然我也很不想相信，但事實在眼前。」

「按照規定，這段時間，妳不能參與樂團的任何活動，包括全國公演。」李修平嚴厲的說。

怡潔掉下了憤怒的眼淚：「真的不是我！」

「妳先回去吧。」說完，團長頭也不回的離開了。

「你們不要太過分，我會找到證據的。」怡潔看著張家偉和張家琪，只見他們一臉得意的樣子。

「怡潔，怡潔妳等等……」

她回到休息室整理東西，然後甩門離開；完全不理會在身後叫她的映如和曉涵。

十、冷凍

「怡潔，快出來吃飯，妳這樣不行的。」

「小潔，別這樣。」

「媽媽相信妳的，好嗎？」

「李團長一定會還妳清白的。」

不管吳孟瑜怎麼說，怡潔還是鎖著房門，怎麼樣都不肯出來。

「發生什麼事了？」剛下飛機的爸爸林飛煌，也趕過來關心狀況。

「聽說是被樂團冷凍了。」

「怎麼會？」林飛煌不敢置信的看著妻子。

「我也不太清楚。」

「她一定很難過。」

「她回來後，就關在房間哩，再也沒有出來。」

「唉，這孩子個性很倔。」

「我相信她是被冤枉的。」

「到底是怎麼回事？」

「聽曉涵說，團長懷疑怡潔在鋼琴上動手腳。」

「怎麼可能。」林飛煌篤定的說。

吳孟瑜大概和丈夫說了一下曉涵對她說的經過以及整件事情的始末，兩人都一致認同怡潔不可能去把琴弦用斷，但她的墜子就在旁邊，想要脫罪也很困難。

「沒有人會去破壞自己最喜歡的東西。」媽媽無力的說。

夫妻兩人在怡潔的房間門口站了好一會兒，見裡面沒有動靜，媽媽便對著門說：「小潔，媽媽把飯菜放在門口，如果餓了就吃一點吧，好嗎？」

說完，兩人就下樓去了。

「爸媽果然都懂我。」

怡潔雖然悶在被子裡，但仍然可以聽見爸媽的交談，心裡很慶幸他們願意相信自己。是啊，誰會去破壞自己最喜歡的東西呢？這是鋼琴，是她從小到大，一直陪在她身邊的好夥伴啊！

她哭得滿臉通紅、雙眼腫脹。

這時才想到，到現在手機都還沒開機，映如和曉涵一定很擔心。

果不其然，手機一開機立刻被訊息占滿。

「我一定會幫妳找到證據，妳不用擔心。不然妳就把錄音筆交給團長好了，妳應該還留著吧？」

第一封就是曉涵傳來的，後面還加了一個打氣的手勢。

「別怕，我們會一直在妳身邊。」相較之下，陳映如的訊息就顯得溫和多了。

接下來，就是其他團員傳過來的零星訊息。

「團長只是一時生氣，妳很快就會回到我們身邊的。」

「我相信不是妳！」

「妳還好嗎？」

「妳是我們最棒的鋼琴手。」

怡潔嘆了一口氣，關上手機螢幕。

她推開房門，拿起放在地上的晚餐，她知道她一定要讓自己保持健康。

此時此刻，她腦海中浮現的，還是詠玲那張對她微笑的臉。

怡潔從抽屜裡拿出照片，看著那張泛黃的照片，想起前陣子登報的事情，至今仍然沒收到一個正確的消息。

或許應該趁這次的機會，出去走走沉澱心情，並尋找詠玲的下落。

「是時候該出發了，我要找到姊姊。」怡潔在心中想著。

♪

「你這樣做，未免也太冒險了！」張家琪生氣的看著哥哥。

張家偉說：「我有什麼辦法，妳沒發現團長越來越重視林怡潔嗎？」

「要是被發現了，我們兩個都別想繼續待在樂團。」

「所以我才想辦法讓林怡潔離開！」

張家偉嘆了一口氣，繼續說：「妳忘了，她手上還有我們的把柄。」

「錄音筆。」張家琪回答。

「這就對了。」

「可是……」

「別可是了，我們別無選擇。」

「我當然明白。」

「我為了偷拿到這個墜子，還事先在項鍊上動手腳，讓它斷掉。」張家偉面帶嚴肅的看著妹妹。

「只有這麼做，才有機會接管樂團對吧？」張家琪同樣的不帶任何感情看著他說。

「嗯，我從來沒忘記這個計畫，所以這麼做是必要的。」

「哥，我們會不會做得太過火了？」

「妳怎麼這麼說呢？」張家偉惱怒的看著妹妹，然後說：「我們兩個，算是樂團第一批成員，照理來說，要當上副團長的人明明應該是我，不是那個陳映如。」

「我也很不甘心啊！可是，這種陷害人的事情，我越想越不對……。」

張家琪望著窗外的夜色，一直被雲層遮住的月亮終於探出頭來，為原本黑沉沉的夜裡增添一份光明，月光照在她的臉上。

她有一雙明亮、清澈的大眼睛，顯得漂亮卻又冷豔。

「事情已經做了一半，無法收手了。」張家偉對她說。

「你有把握可以天衣無縫就好。」家琪回答。

說完，她推開練習室的門，頭也不回的離開。

是的，她的確很想當整個樂團的領導人，想要和怡潔一較高下，但用這種低劣的方法，不是她原本的意思。

其實，比起用這種手段，她更希望能夠靠著自己的實力，掌管樂團的一切。

今天看著李修平狠狠教訓怡潔的樣子，她下意識在一旁搧風點火，現在想想，覺得自己當時的反應，的確不太明理。

張家偉、張家琪，憑著一流的成績在美國加入了陽光樂團，他們的父母都是華僑，這回跟著樂團一起遷移到台灣來，本來就有很多需要適應的地方，讓她時常感到身心俱疲。

「既然團長一直不給我跟哥哥機會，我們也只能慢慢的奪走這個樂團了。」

「林怡潔，為了達成目的，我們只好這樣對妳。」她在心中萌生了一股短暫的罪惡感，但她很快就將這股難受的感覺消化掉。

「可是，為了我的未來，我勢必要這麼做。」

雲層又出現了，再次硬生生地遮住了月光，夜晚正式降臨。

♪

這個晚上，睡不著的人還有陽光樂團的團長李修平。

事實上，他對張家偉、張家琪兩兄妹做的事情瞭若指掌，不過為了樂團的和諧，加上樂團剛成立時，他們的父母曾經幫了自己很多忙，因此他並沒有拆穿他們，選擇了靜觀其變。

「爸爸！」

李修平摘下眼鏡，用力揉揉太陽穴。

「爸爸！」

五歲女兒手上拿著一本故事書，大聲呼喚他。

「哎呀，芸芸對不起，爸爸剛剛在想事情。」李修平摸摸女兒的頭。

「你說今天要唸故事給我聽。」女兒指了指故事書，另一手抱著以前李修平妻子親手縫製的小熊。

「好好好，我們準備去睡覺吧。」他一把抱起女兒。

想起自己已經不在人世的妻子，和怡潔患有同樣的疾病，卻沒有那麼幸運能等到適合的心臟移植。每當女兒問起媽媽去哪裡時，他只能含糊得帶過。但芸芸總有一天會知道媽媽早就已經不在這個世界上的事實。

「爸爸，你是不是不舒服？」芸芸伸出小手，摸摸李修平的額頭。

「爸爸沒事。」他親了一下女兒的小臉蛋。

他們到床上，李修平溫柔得替女兒唸了白雪公主的故事，芸芸慢慢的閉上眼睛，漸漸的進入夢鄉。

「怡潔，團長會為妳討回公道的。」李修平在心裡這麼想著。

♪

午夜十二點的鐘聲響起。

怡潔在床上翻來覆去，怎麼樣都睡不著。每當她心煩意亂的時候，只有鋼琴可以解她的悶，讓心情變好。

可惜現在大半夜的，去樓下客廳彈琴不僅會吵到爸爸媽媽，還會吵到鄰居。

她從床上爬起來，走到書桌前將電腦打開收電子郵件。

我知道妳在找的人是誰

大剌剌的十個字，讓怡潔自動略過了其他邀請她參加音樂會，或是各種廣告內容的信件，她緊張得把信點開。

林小姐您好

我認得照片上的這個人，她是我們工廠一年多前的作業員，而且她的名字也叫做崔詠玲，應該是同一個人沒錯。當時我還跟她同一間宿舍，不會記錯的，如果有需要，歡迎和我聯絡。

連絡電話：XX—XXX—XXXX

李靜文 敬上

怡潔原本以為又有人在惡作劇了，但當她看到信件中的附加照片，她立刻愣住了，照片中的人，是詠玲沒錯，確確實實就是她。

就算過了十五年，那張臉、那抹微笑，不管現在變得如何，她依舊記得清清楚楚，不曾忘記過。

詠玲穿著一件紅色的洋裝，露出淡淡的笑容，留著一頭烏黑亮麗的長髮，但如今看起來似乎有點消瘦，甚至無神，感覺心事重重的樣子，她按耐不住心中激動的情緒，回過神來後，早已淚流滿面。

皇天不負苦心人，怡潔心想，在一堆亂七八糟的訊息中，總算有詠玲的消息出現了。

怡潔立刻回信給李靜文，兩人相約時間碰面。

李靜文說，她和詠玲在基隆的工廠工作將近三年，兩個人交情還不錯，住在同一間宿舍，時常一起聊天、逛街。不過詠玲對家人的事情絕口不提，只知道她的老家好像是在屏東，每個月都要寄錢回家。

去年夏天，詠玲突然提了離職，並告訴她必須回屏東老家看爸媽，會再與她連絡，誰知道這一去，就再也不見蹤影。

李靜文打手機、傳訊息都沒有回應，就這麼過了一年多。

詠玲又消失了嗎？怡潔沮喪的想。

看來詠玲一家離開桃園的老家後，就到屏東居住；長大後，詠玲又北上基隆工作。

怡潔不禁納悶：「既然再次到北部，難道她都沒有找過我嗎？」

♪

隔天一早，吳孟瑜在餐桌上發現了一張字條，是怡潔留下來的。

爸爸、媽媽：

請原諒我擅自離家，我只是出去走走、散散心，一個星期後就會回家的。

這段時間，我手機不會開機，但每天晚上都會傳簡訊跟你們報平安，請不要打電話給我。

這次樂團的事情，對我打擊很大，我需要一個人靜一靜。

怡潔

十一、返鄉之旅

這個女孩，又瘦又小，戴著一副鏡框過大的眼鏡，看起來很簡樸。

「詠玲從來沒有談過她的父母。」李靜文一邊說一邊推了推眼鏡。

怡潔坐在她的對面，手裡捧著熱呼呼的奶茶。

兩人約在李靜文工作的工廠附近的咖啡店，將近中午時分，周圍顯得特別吵雜。

李靜文繼續說：「頂多講到她奶奶。不過幾年前奶奶過世了，聽說是肝癌，這件事對詠玲的打擊很大。」

「奶奶啊……」怡潔暗自在心裡想著那位帶著和藹笑容的面孔。

「她奶奶過世時，她還請了一個多星期的假。」李靜文說。

「那詠玲在這裡工作，開心嗎？」怡潔問。

李靜文點點頭說：「嗯嗯，她個性很開朗人緣很好，常常帶給大家歡樂，在慶生會的時候，還會彈電子琴，帶大家一起唱歌呢！」

「真的啊！」怡潔忍不住開心的露出笑容，心想詠玲喜歡的事情沒有改變。

根據李靜文的資訊，表示詠玲在工廠工作很認真，人緣也很好，熱心助人的她是老闆和同事信任的好夥伴，她們兩個一起住在同一間宿舍，常常一起分享生活中的點滴，在工作上她也常常得到詠玲的幫助。

可是在一年前，詠玲突然說家中有急事，匆匆忙忙的離職，告訴李靜文會再找時間跟她連絡，卻再也沒有回音。除此之外，電話不通、訊息不回，彷彿人間蒸發了一樣。

怡潔完全明白這種感覺，這就是她十五年來的感受啊。沒有一天不盼望可以收到詠玲回信的那種心情。

她接著問靜文：「她有沒有提過，她喜歡作曲？」

「她有說過，她曾經希望當個作曲家。」

「我知道。」

「可是好像是因為家裡的問題，讓她不得不放棄。」

「我想也是。」

「詠玲外表雖然開朗，但是有時候，我總覺得她眼裡充滿了悲傷，好像一個人獨自承受了很多祕密，可是她永遠不會說出來。」說完，李靜文嘆了一口氣。

「她從小就是這樣。」

「妳的確很了解她。」李靜文說。

怡潔無奈的笑了笑，便告訴靜文，她們是從小一起長大的玩伴，可惜後來詠玲搬家後她們就失去了聯絡。

「妳真的不知道她現在人在哪嗎？」怡潔問。

李靜文若有所思的看著怡潔：「最近倒是發生了一件事。」

「什麼事情？」怡潔立刻追問。

「有一個女人，前陣子跑來工廠，說要找詠玲。」

「女人？年紀大概多大？」

靜文歪著頭努力回想：「差不多五十幾吧，感覺是個中年婦女。」

「難道是詠玲的養母陳茜？」怡潔在心裡推敲。

「當時廠長特別把我叫過去，因為我是和詠玲最熟的人，只不過，我從來沒看過眼前這個女人。印象中，詠玲的媽媽曾經找她一次，那時詠玲匆匆的把錢塞給她，她媽媽就離開了，但並不是這次來找她的這個女人。」李靜文解釋。

「奇怪，那會是誰？」怡潔納悶的說。

因為怡潔得去趕火車，所以她們無法停留在這個問題太久。

臨走前，怡潔忍不住告訴靜文：「我跟詠玲已經十五年沒見面了。」

「這可不是普通短的時間啊……」李靜文說。

「對，她是我最好的朋友，我已經找她好久了。」

「很抱歉我幫不上忙。」

「沒關係，還是很謝謝妳。」

怡潔向李靜文致謝後，準備離開咖啡店時，李靜文說話了：「妳是小潔嗎？」

她轉頭，看著靜文，覺得眼淚隨時會掉下來。

「她常常提到妳，我看到妳的尋人啟事時，看到妳的名字就有想到了，不過不敢太快確定。」

「李小姐，我冒昧請問一下，她為什麼都不來找我？」

「她很想啊，但我每次問她，她說她有苦衷。」靜文無奈的回應。

「苦衷？」

「她不肯說，我也不曉得。」

「詠玲是這麼跟妳說的嗎？」

李靜文點點頭，然後說：「我真心希望妳可以找到她，把她帶回來。」

♪

火車行進的聲音，有種令人心情平靜的魔法。

剛剛和李靜文的交談，讓她對尋找詠玲抱持著更堅定的心態。

怡潔坐在靠窗的電車上，從基隆到桃園，她靜靜的看著窗外的風景，快速的從眼前掠過。

「小姐，麻煩驗票。」穿著筆挺的車長，拍拍她的肩膀。

怡潔從包包裡拿出車票，讓車長在票上打洞。

自從開刀後回到樂團，每天的生活都像在趕火車一樣，有時候忙著練習，卻彷彿事情永遠沒有結束的一天，日復一日，都快忘記休息兩個字應該怎麼寫了。

這次的事件，她很清楚知道，分明就是張家偉、張家琪雙胞胎兄妹搞的鬼，可是她選擇沉默，從那天離開樂團大廳後，她就再也沒有和其他人聯絡，包括映如和曉涵。

而手上的那支錄音筆，現在正躺在她的書桌抽屜深處。

之所以沒有拿出來交給團長，是擔心交出去後，樂團的和諧和默契就會瓦解。她不擔心雙胞胎接管樂團，因為她相信每個團員的向心力。想要罷免團長，不是一件容易的事情。

她搖搖頭，逼自己不要去想這些，這趟她是出來找詠玲的。

「各位旅客您好，本列車即將抵達桃園站。」車廂內傳出那即將到站的消息。

怡潔站起來，準備下車迎接另一段旅程。

♪

「神父！」

白髮蒼蒼穿著暗色長袍的老先生，正在教堂前掃著落葉。

「神父，好久不見！」

聲音又再一次傳來，現在除了假日的禱告外，很少有人來這個地方，因此他懷疑這個聲音是自己的幻覺。

他緩緩的轉過身來，看到眼前有一位年輕的女子。

接著，神父揉揉眼睛，再次睜開眼睛。

「妳是？」

「神父，我是小潔啊，林怡潔！」怡潔開心的握著神父的手。

這回，他終於回過神來，然後看著怡潔，再用力的點點頭，並握住怡潔的手。

優美的旋律迴盪在這空曠的教堂中。

此時，傍晚的夕陽正照射進來，溫暖柔和的氛圍，讓人感到十分溫馨。

怡潔對這架鋼琴再熟悉不過了，這是她和詠玲以前最常來的地方，她們在這裡一起度過許多美好的時光。

「果然，小潔的琴藝越來越好了。」神父豎起大拇指稱讚她。

「謝謝神父！」怡潔感覺，這是她經過手術後第一次感到這麼興奮。

「怎麼現在才來找我呢？妳不是已經回來很久了嗎？」神父眉頭逐漸深鎖。

「唉唷，我也才剛從美國回來不久，之後就開刀了。」

「對對對，我想起來了，妳在信上提過。」

神父立刻恢復了笑瞇瞇的神情。

「神父，我現在看起來比以前健康吧？」怡潔看著他，慢慢的轉了一圈。

「有啊，小潔氣色比以前好多了，如今也是位亭亭玉立的少女了。」神父開心的說。

兩人你一句、我一句的關心彼此這十五年的近況。

雖然十五年很長，但對怡潔來說，再次回到老家的村子一點也不陌生，對她而言，這裡才是她真正的家。

「所以妳被樂團趕出來了？」神父震驚的問。

怡潔低下頭，靜靜的說：「其實我也不知道。」

神父拍拍她的肩膀說：「別擔心，也許事情沒有妳想的嚴重。」

「希望如此。」

怡潔自己也很訝異，即便過了那麼久的時間，她還是很放心的在神父面前坦白自己的弱點，告訴他心裡的想法，也只敢在他面前表現自己最真實的樣子。

「小潔，一切都會越來越順利的。」

怡潔緩緩的點頭，用手拭去臉上的淚水。

「要是詠玲，她一定也會像我一樣鼓勵妳的。」

神父毫無預警的一句話，頓時又讓怡潔熱淚盈眶。她無法控制的哭，眼淚怎麼樣都停不下來，把這幾天在樂團受到的委屈，找不到詠玲的壓力，一次全部釋放出來。

「我完全找不到她。」

「十五年來，我每年都有寫信給她，從來沒有停止。」

「好不容易找到她工作的地方，可是她又不見了。」怡潔一邊哭一邊說。

此時，神父只是靜靜得扶著她的肩膀，拍拍她的背。

「十五年了，我沒有一天不想她。」

「神父，你覺得她還記得我們嗎？」怡潔滿心期待的看著神父。

「當然。」他想都沒想的回答。

由於天色越來越暗，神父邀請怡潔到家裡過夜。

神父對怡潔表示，自己還得在教堂整理一些文件，並將鑰匙交給怡潔，要她先回家休息。

到神父家前，她特地繞到詠玲老家去，看著黑漆漆的屋子和長滿蜘蛛網的牆壁，看起來還真像一間鬼屋，陰森森的感覺令人不寒而慄。

「唉唷！有人在鬼屋門口耶！」

住在附近的小孩看到怡潔在門口東張西望，就大聲喊叫起來。

「真像小時候的我們啊。」怡潔想起以前也常常和同學到處探險，在村子裡玩躲貓貓，把一些空無一人的舊房子當作鬼屋。

正當她準備離開時，一轉身立刻撞到一位老爺爺。

「對不起、對不起。」怡潔連忙攙扶老爺爺起來，這才發現他是以前在巷口賣香腸的阿水伯。

「小姐啊，我一身的老骨頭都要被你撞散了。」阿水伯難過的哀號。

「阿水伯，我是怡潔啊，林怡潔。」她看著阿水伯微笑。

「怡潔?哎呀，是小潔啊！」

「對對對，是我，阿水伯您還好嗎？」

「哎呀，十幾年不見，妳一見到我就把我弄到摔倒了。」阿水伯故作生氣的看著她。

「真是對不起啊，您有沒有怎麼樣？」怡潔連忙關心他。

「別說我了，妳呢？到美國後一切還好嗎？」阿水伯搔搔沒剩幾根的頭髮問。

怡潔簡單說了一下自己的近況，雖然和阿水伯沒有像神父一樣親近，但許久未見，還是十分想念他。

「對了，妳回來了，那玲玲呢？」他一邊說一邊東張西望，彷彿詠玲也跟著怡潔一起回來一樣。

「我也在找她呢！」

「她沒有去找妳嗎？」

阿水伯這句話，讓怡潔感到十分驚訝。

「找我？」她面帶懷疑的看著阿水伯。

阿水伯若有所思的看著怡潔，接著說：「小潔，我必須告訴妳一件事。」

十二、信箱裡的協奏曲

「怎麼啦阿水伯，這麼嚴肅。」怡潔睜大眼睛看著他。

他們走到巷口的雜貨店門口，店早已關門，阿水伯也不顧天色越來越黑，硬是要怡潔坐在店外的長椅上。

「玲玲去年有回來。」阿水伯說。

「真的嗎？」怡潔興奮的看著他。

「那她現在人在村子裡嗎？」她帶著一絲希望問。

「當時，她只留一天就離開了。」阿水伯回答。

「這樣啊……」怡潔難掩臉上失望的表情。

「我以為，妳們會一起回來。」

怡潔百思不得其解的看著他問：「為什麼？」

「玲玲離開前說要去找妳。」

♪

阿水伯說，去年詠玲大概也是年底回來村子。

不同的是，詠玲是直接來找他的，因為崔奶奶和阿水伯是好朋友，她是特別回來告知，奶奶過世的消息。

詠玲的出現，讓阿水伯非常開心，他對詠玲一直都像親孫女一樣疼愛。

那天他跟平常一樣，在巷口烤著香腸等著客人。

「阿水伯！」一陣熟悉的聲音正在呼喚他。

他連忙從冒著陣陣白煙的香腸身上抬起頭來，在他面前的是一位帶著燦爛笑容的女孩，他很快就認出那是詠玲。

「玲玲！」阿水伯看著她，一邊用袖子擦著額頭上的汗珠：「沒良心的，還記得爺爺吧。」

詠玲搶過阿水伯手上的夾子，硬是要幫他烤香腸。

「十幾年沒試了，我的技術應該還是不錯！」她調皮的說。

「妳這孩子！」阿水伯無奈的搖搖頭便笑了笑。

他們一起坐在雜貨店門口，吃著詠玲烤焦的香腸。

「這幾年跑去哪了啊？」阿水伯問。

「全台跑透透了！」

「真的假的，小丫頭！」

「屏東、台中、基隆、台北都跑過了。」

「哇，難不成現在已經是月入百萬的業務了嗎？」

「不是啦！是跟公司的主管去批布。」

「批布？」

「我之前在成衣工廠上班，專科學的是紡織，會到全台各地挑選好的布料！」

「還不錯啊，怎麼不繼續做了。」

「就有點事情嘛！」詠玲露出了一絲難言之隱。

阿水伯看情況有點尷尬，立刻轉換話題。

「妳奶奶呢，還好嗎？」

詠玲聽到阿水伯問了這個問題後，將吃到一半的香腸放在紙盤上。

她先深呼吸，然後誠懇的看著阿水伯。

「她過世了對吧。」不等詠玲說話，阿水伯自己回答了她接下來要講的事情。

「嗯。」詠玲輕輕的哼了一聲。

這回沉默的人成了阿水伯。

過了好一會兒，他終於說話了：「這樣啊……」

詠玲看到他偷偷用衣角擦拭眼角的淚水。

「奶奶她走得很安詳。」

「那就好，她是我從小到大的玩伴啊。」

阿水伯不由得老淚縱橫，開始掩面哭泣。

「還好，奶奶不用再受折磨了。」

「很希望可以見到她最後一面。」

「奶奶臨終前告訴我，她走後，記得回來村子走走，如果您還在一定要告訴您。」

「嗯……」

詠玲拍拍阿水伯顫抖的肩膀。

接著，她緩緩說出這十幾年的生活。

那年匆匆離開村子後，爸爸崔家富帶著繼母陳茜，還有她和奶奶去屏東投靠爸爸的朋友，之後就定居了下來。

崔家富找到了一份搬粗活的工作，每天工作到三更半夜才回家，陳茜則接一些家庭代工或到鄰居家當保母，日子勉強過得去，她有好幾次想要寫信回來給怡潔和神父報平安，可是又擔心會因此透露家人的所在地，讓債主找到。

而奶奶的身體，則是越來越差，漸漸的無法走路，需要詠玲照顧她的生活起居。在國中時期，詠玲一放學就馬上回家準備晚餐，再幫奶奶洗澡。

就這樣過了五、六年，正當她順利考取理想的專科學校時，卻發現陳茜竟然又開始賭博，這次欠下來的錢雖然沒有那麼多，但要還清仍需要一段時間，詠玲不得已只好放棄讀書的機會，改讀學習紡織的夜間部學校，半工半讀幫家中還清債務。

聽到這裡，阿水伯忍不住大大的嘆了口氣。

「江山易改，本性難移。」

「玲玲，妳一定很辛苦吧。」他輕輕的拍拍詠玲的頭。

詠玲微笑，表示自己沒有那麼脆弱，接著繼續陳述。

進入夜間部讀書後，陳茜還是時不時跑去賭場，讓爸爸非常生氣和懊惱，而陳茜在長期的壓力下，開始會對詠玲動手動腳，甚至有時會大罵奶奶。而為了不要讓爸爸擔心，她始終保持沉默。

奶奶看她這樣總是非常心疼，可是體力越來越差的她，連開口說話的力氣都沒有，還能怎麼辦呢？

而現在，爸爸和媽媽又為了躲避新的債主，再次過著逃亡了生活，就連詠玲都不知道他們現在到底身在何處。

聽到詠玲這麼說，阿水伯很後悔為什麼當初要同意幫怡潔的家人保密，詠玲如果沒有送到崔家做養女，現在肯定過著不一樣的人生。

正當他想要開口說出這麼祕密時，詠玲又說話了。

「阿水伯，我想要去找小潔。」

「啊？這麼多年，妳們難道都沒聯絡嗎？」阿水伯驚訝的看著她。

「沒有，我擔心她會受牽連。」詠玲回答。

「那怎麼現在突然又想找她了呢？」

「因為我發現了這個。」只見詠玲在背包裡拿中了一疊信件，上面的署名都是她，有幾封信因為時間太久的關係，信封早已破裂泛黃。

「怡潔每年都還會寄信給我，而我竟然完全沒給她任何回覆……」說完，詠玲就開始落淚。

阿水伯看著她，想起詠玲和怡潔本來就是一對表姊妹，兩人會如此友好，也許和本身的血緣，也有很大的關係。

他想了想，認為這件事應該由怡潔家人告知會比較好，於是將已經跑到口中的話又吞進肚子裡。

「妳要去哪找她？」阿水伯問詠玲。

「我想直接去美國。」詠玲指了信上的地址說。

「那妳可得小心一點啊。」阿水伯叮嚀她。

「遵命。」她吐吐舌頭，頑皮的笑著，並用手擦去臉上的淚水。

「玲玲，能夠再次看到妳真的很高興。」

「我也是啊。」詠玲笑了，拿起已經冷掉的香腸繼續吃。

他們繼續談笑著，直到天色越來越暗。

當晚詠玲就離開了村子，阿水伯本來想邀她留下來過夜，詠玲卻婉拒了。

她帶著笑容向阿水伯道別，沒有留下任何聯絡方式。

♪

怡潔目瞪口呆的看著阿水伯。

她錯過詠玲了，兩人整整差了一年。

「也許我應該晚一點動手術。」她甚至在心裡這麼想說。

「怡潔，玲玲沒有去美國找妳嗎？」阿水伯急切的問。

「沒有。」

「這就奇怪了。」

「她工廠的同事說，詠玲已經離開一年多了，也完全沒有音訊。」

兩人推算了一下時間，發現詠玲離開工廠後，就馬上回到了村子裡。之後就音訊全無。

怡潔和阿水伯道別後，就回到神父的家裡，將今天和阿水伯相遇的事情告訴他。

由於阿水伯不信宗教，因此和神父完全沒有往來，他當然也不曉得詠玲有回到村子這件事。此外，神父是在怡潔出生後才到村子的教堂服務的，自然也不曉得他們是表姊妹這件事。

當天晚上，怡潔坐在床上傳簡訊向爸媽報平安，手機一開機果然看到了來自四面八方的訊息，她草草的看了一眼，發現一封團長傳來的信。

怡潔

這幾天還好嗎？

很抱歉那天這樣對妳，但是為了樂團的公正性，
我必須這麼做。
等待時機成熟，我會再通知妳回樂團，
全國公演絕對會為妳留一個位置的，
這陣子好好休息吧，保重身體！
PS：我女兒芸芸，想請妳下次教她彈琴。

李修平

「還好。」怡潔感覺心中的壓力頓時解開了不少，收到團長的訊息遠比其他人給她的安慰有幫助多，至少李修平是相信她的。

不過，詠玲的時而出現時而消失，不免讓她擔心了起來，難道詠玲真的遭遇到了不測？整整一年的時間不見蹤影，不是一件正常的事情。

「詠玲，妳一定要沒事啊。」

此時，她的心裡顯得有些五味雜陳，帶著忐忑的心進入夢鄉。

♪

第二天，怡潔起了個一大早，在村子裡到處走走，她甚至爬上後山那座小山丘，眺望這個從小生長的地方，不由得產生人事已非的惆悵感。

「早安！」

「早安！新興新村！」

「早安！每一位住在這裡的居民！」

大聲呼喊後，她感到心情舒暢許多。

帶著輕鬆的腳步，慢慢的走下山，回憶每個角落、每個場景，每個和詠玲一起走過的地方。

接著，怡潔不知不覺走到自己的老家門口。

整棟房子因為年久失修，外觀佈滿爬牆虎，牆角也有密集的蜘蛛絲，外頭的鐵欄杆都生鏽了。即使如此，怡潔還是感到很溫馨，就算美國的住宅再怎麼豪華，都比不上真正的家的感覺。

「我回來了。」她小聲輕道。

她輕輕推開外頭的鐵門，立刻發出「嘰——嘰——」的吵雜聲響，有一隻躲在牆邊的貓，立刻跳起來。

「對不起囉。」怡潔看著貓咪說。

院子裡面雜草叢生，從前她和媽媽一起種的玫瑰花早已不見蹤影，倒是那顆榕樹，越長越高大，讓她想到小時候常常在這裡偷吃冰棒的事情。

因為心臟不好的關係，媽媽不准她吃冰的東西。記得有一次，下課時同學邀她去雜貨店，並買了一枝冰棒請她吃，那時他們就在這棵樹下大口舔著冰棒，果然不久後，怡潔立刻心悸，還好媽媽回來，趕緊拿藥給她吃才緩和下來。

「原來，我從小就那麼叛逆。」怡潔在心裡偷笑著。

大門上鎖了，無法進去裡面觀看，於是她索性在院子裡繞了屋子一圈。

這時，她看到門口的信箱，突然靈機一動，伸手進去摸索。

除了一大堆廣告傳單外，有一封泛黃破舊的信。

上面是詠玲的字跡。

十三、失竊

親愛的怡潔，

真的很抱歉我不告而別，而且現在才聯絡妳。

因為我們家發生了一些問題，讓我不敢找妳，擔心妳也受到牽連，希望妳收到信後，能夠趕快把它藏起來，以免暴露我們家的地址。

我們家現在定居在屏東，爸爸找到了一份臨時工，

雖然辛苦但是待遇還不錯。

媽媽也沒有再賭博了，目前在做家庭代工，也幫鄰居帶小孩。

而我則正式進入國中囉！

最喜歡的當然是音樂課囉，老師還稱讚我有天分，願意教我彈鋼琴呢！

每天放學後，我都會留在學校半個小時，練習鋼琴，一邊談一邊試著作曲，

就這樣把以前我常常哼在口中那首旋律寫出來了。

妳看信裡面的另一張信紙，就是我親手寫的樂譜喔，

我把以前常常哼在嘴邊的歌寫出來了，

是不是很厲害呢！期待妳可以用鋼琴將它彈奏出來喔！

另外，妳的身體有比較好嗎？
可不要逞強跑步或是自己爬到後山唷，
我有機會一定會回村子去看妳的！
再次跟妳道歉，
如果收到信後趕快回信給我吧。
永遠的好朋友

詠玲

這封信是詠玲一家離開三年後寄來的，怡潔拿著皺巴巴的樂譜，難以掩飾激動的情緒。

她只要看著五線譜，就算沒有鋼琴，也能想像出這首曲子的旋律，輕快又柔和，熟悉而充滿溫度。

怡潔在那堆廣告傳單中翻找，看看還有沒有其他信件，但不管她怎麼翻，還是只有這一封。

「這封信，我等了十五年了。」

她突然感到胸口一緊，好像心臟停止跳動一樣，似乎正配合她的激動情緒。

接著，她急急忙忙離開老家，往教堂跑去。心臟跟著她跑動的腳步，快速的跳動著，怡潔此刻可以感受到明顯的喘息聲。對患有先天性心臟病的她來說，能夠像正常人一樣運動，是一件讓她非常渴望的事情。

到了教堂，怡潔和神父說在老家信箱發現詠玲寄來的信件，便匆匆忙忙向他道別，表示要趕快回到樂團去。

臨走前，她特地繞到村子的巷口找阿水伯，表示自己一定會找到詠玲，如果有消息會通知他，他們留下彼此的聯絡方式，怡潔就離開村子了。

♪

「你不是說沒問題的嗎？」張家琪氣急敗壞的看著哥哥張家偉。

「我哪知道！」

「你沒聽見團長剛剛說要讓林怡潔回來了！」

雙胞胎兄妹在樂團休息室內爭吵著。

張家琪接著說：「而且陳映如剛才也說了，那天在鋼琴動手腳的人另有其人。」

「這不代表什麼，他們沒有證據。」張家偉不屑的聳聳肩。

「不代表什麼？這表示我們會有威脅出現！」

「妳想太多了。」

「要是被發現，我們就玩完了。」

「他們不會有證據的。」

「你什麼不做，去把鋼琴琴弦弄斷？團長只要想一下，就知道林怡潔不會做這種事情。」

「我特地去偷了她的項鍊墜子，事實擺在眼前，大家都看見了。」

「哥，你小聲一點！」張家琪緊張的東張西望。

張家偉深呼一口氣，然後無奈的搖搖頭說：「目前已經有大概七、八位成員絕對加入我們，久而久之等到我們的支持者越多，掌管樂團就不再是夢想，現在可不能因為這種小事而亂了腳步。」

「哥，你難道沒想到林怡潔會把錄音筆交給團長嗎？」

「她不敢。」

「你怎麼敢如此篤定？」

「李修平那麼信任每一個團員，要是他知道我們想造反，心情會大受影響吧。」

「我還是覺得太冒險了。」

「家琪，妳怎麼就是不相信我？」張家偉有點生氣的說。

家琪也強硬的看著他回應：「這不是相不相信的問題，我只是擔心林怡潔回來而已，況且她一回來，我的地位又要受威脅。到時候全國公演，團長一定會將許多重責大任放在她身上，那些重要的曲子，說不定我都彈不到……」

這時，門外傳來了急切的敲門聲。

兩人嚇到立刻將嘴巴閉上。

「什麼人？」張家偉對著門的方向喊了一聲。

「團長說要練習了，快出來吧！」門外傳來曉涵的聲音。

「知道了，馬上過去。」他心虛的回應。

「她應該沒聽見吧？」張家琪緊張的說。

張家偉露出嗤之以鼻的表情說：「怎麼可能有聽見。」

這時，曉涵正緊張的握著口袋中的手機，心想：「終於被我抓到證據了吧。」

♪

這首曲子的旋律，和怡潔記憶中一模一樣。

雖然柔和，但帶有點輕快、恣意的味道，確實就是詠玲一直哼在嘴邊的那首曲子。

怡潔在樂團的大禮堂中彈奏，所有團員都被這優美的音樂感動，聽得如癡如醉，連團長李修平，都不由自主的閉上眼睛，輕輕的擺動身體。

「她怎麼會在這裡？」張家琪驚訝的看著哥哥。

張家偉同樣以目瞪口呆的神情回應她：「我也不知道。」

看著大家如此喜歡詠玲的曲子，怡潔的心裡感到非常興奮。

當琴聲漸漸由快轉慢，越來越輕盈時，她快速的撥動每一個琴鍵，讓曲子進入了完美的結尾。

怡潔彈奏下最後一聲後，立刻響起了熱烈的掌聲，映如和曉涵更是不約而同地看著她相視而笑。

「這是我姊姊作的曲子。」怡潔向大家表示。

大夥們紛紛露出了讚嘆的表情。

怡潔繼續說著：「一直到最近，我才知道她是我的親表姊。」

她感到曉涵正以非常訝異的眼光看著她，她接著說：「詠玲是我阿姨的女兒，小時候因為阿姨離家，所以把她送給了鄰居，後來我們很巧的變成了好朋友，父母強烈反對我們的交情，我還是時常偷偷跟她一起溜出去。」

「講這個幹嘛啊？」張家琪故意用氣音抱怨，但沒人理會她。

「詠玲有作曲的天分，她只用她養父送她的一把舊吉他，就可以作曲，這對一個十幾歲小孩來說，真的很難得。我們一起在村子的教堂練琴、唱歌，度過好一陣子的歡樂時光。某一天，因為債務的關係，他們一家突然搬家，我們就此失去了聯絡，直到現在，我再也沒有見過她了。」

團員們發出了失望的聲音，但參雜了更多疑惑。

怡潔看了大家的反應，先是點點頭然後說：「休息的這段時間，我就是去找她，在老家信箱發現了這張曲子，立刻想到可以用在公演上尋找她，與團長聯繫後，他請我先回來彈奏給大家聽，目前看大家都很喜歡，會打算將這首曲子變成主打曲，還能藉此吸引詠玲的注意。」

大家點點頭，認為這是一個不錯的方法。

「這分明就是公器私用！」張家偉突然惱怒的大聲咆嘯。

「你給我安靜！」不等張家琪附和，團長立刻開口。

「團長，這沒有道理啊，況且林怡潔之前還破壞鋼琴。」張家偉說。

「家偉，如果你現在安靜，以前的事情我不會跟你計較。」團長拿出威嚴對他說。

張家偉不甘心的說：「團長就是偏心啊，怎麼可以讓一個會傷害樂團的人回來呢？以後大家不就無法無天了？」

「要我拿出證據嗎？到時候你難看可別怪我。」出聲的是站在陳映如旁邊的江曉涵。

張家琪聽到，連忙用擔憂的表情看著哥哥。

「笑話，妳能有什麼證據？」張家偉反回給曉涵一句話。

只見曉涵從口袋裡摸索，拿出了手機，接著看著大家說：「這就是熱騰騰的證據！」

此時，張家兩兄妹面面相覷，似乎已經知道接下來會發生什麼事了。

「要是被發現，我們就玩完了。」

「他們不會有證據的。」

「你什麼不做，去把鋼琴琴弦弄斷？團長只要想一下，就知道林怡潔不會做這種事情。」

「我特地去偷了她的項鍊墜子，事實擺在眼前，大家都看見了。」

兩兄妹的聲音，從曉涵的手機傳出來，大家目瞪口呆，還有幾位團員像是做了虧心事一樣的低下頭。

曉涵還沒反應過來，張家偉立刻衝到她的身邊，搶走手機，用力的往地上摔。

「砰！」這一摔，螢幕都破了。

「你做什麼啦！」曉涵心疼的大喊。

李修平立刻跳出來：「張家偉!你不要太過分了!」

他命人把家偉抓住，然後要兩兄妹暫時離開社團，他必須和幾個委員討論，是否該讓他們繼續留下，還是直接逐出。

兩人羞愧又氣憤的離開。

這時，團長將頭轉向怡潔，並說：「陽光樂團總算還妳一個公道了。」

♪

詠玲的曲子，正式成為樂團全國公演的主題曲，李修平和陳映如更在曲子裡添加了其他樂器，使整首曲子變得更活潑、更生動。

怡潔每天彈著彈著，還在社群網站放上樂團練習的影片，期待詠玲會出現。身邊少了張家偉、張家琪兩人，她的心情也平靜不少，將心思都花在練習琴藝上，並就近住在樂團中的住宿，讓媽媽吳孟瑜很擔心她的身體會支撐不住，三天兩頭就燉雞湯到樂團探望她。

「真是一首輕快的曲子呢！」吳孟瑜看著正用嘴吹著熱湯的怡潔說。

「喔，妳說我剛剛彈的曲子嗎？」怡潔抹抹嘴巴。

媽媽點頭，於是說：「就是這首吧，詠玲做的曲子？」

怡潔以微笑代替回應。

這時，曉涵匆忙的跑了過來，上接不接下氣的在怡潔和吳孟瑜面前，講了一長串的話：「不好了樂譜不見了我們沒有備份沒有先印下來怎麼辦？」

說完，曉涵捧著腰大大的喘氣。

怡潔被她的行徑弄得一頭霧水：「妳在說什麼？慢慢講。」

曉涵又喘了好一會兒，才開口說：「樂譜，那張詠玲的樂譜，不見了。」

♪

陳映如從洗手間走出來，看見兩個穿黑衣服的人臉上戴著口罩，匆匆忙忙的由後門跑出去。

「等等！你們是誰？」她立刻叫住他們。

不妙兩人一聽到聲音，跑得更快了，映如連忙追上去。

當她推開後門時，兩人早已不知去向，只剩下散落一地的樂譜碎片。

十四、回歸的心跳

【一年前】

這裡是車水馬龍的台北，路上永遠有汽車、機車、腳踏車穿梭其中，每個人的腳步一個比一個還要快，冷漠的面容，好像對周遭發生的事情都不在意，只管繼續向前走。

今天的馬路，特別不寧靜。

不僅車流量多，造成長時間的交通癱瘓，還有不少起意外發生，警察們各個東奔西跑，對講機不時傳出哪裡又有事故，要求前往支援處理。

陳文海，今年二十五歲，這是他第一天穿上制服、第一當警察的日子。他不禁在心裡抱怨：「難道我未來的警察生涯，每天都會這麼忙碌嗎？上班第一天就那麼不平靜，真叫人擔心啊！」

他騎車警用機車，穿越大街小巷，前往方才學姊王茹芸所說的事發地點。

「車禍，又是車禍！現在人怎麼都不小心一點呢？」他嘴裡唸唸有詞，並祈禱能夠早一點下班，喝杯小酒，好好抒發一下。

一到了事故地點，他看到一個躺在地上的人，身上披蓋著白布。

身旁是散落一地的隨身用品，有皮夾、雨傘、衛生紙、口紅還有一本護照。

他深呼一口氣，即使已經事先明白狀況，從前在念警專的時候也曾經受過相關的訓練，更當過實習警察。但頭一次自己檢查屍體，心中不免有些緊張，他下意識的摸摸掛在身上的護身符，那是前天老家的媽媽特別寄上來給他保平安的。

停好車後，他小跑步的往現場走去。

他和救護車的醫護人員點點頭，便壯起膽子將白布掀開，看了一眼後搖搖頭，並隨即將白布蓋上去。

聽目擊者說，這個女人好像趕時間，手中拿著護照一直攔計程車。可是卻怎麼樣都攔不到，她情急之下，竟然跑到馬路中間去攔車，不慎被一台轎車撞到，當場倒地。

陳文海點點頭，用警用記事本記錄目擊者說的話，並叫他等等到警察局做筆錄。

「可是我趕時間，要去公司開會耶！」目擊者連忙說。

「我們會給你證明單，麻煩協助我們辦案，謝謝。」

「這是國家的規定。」陳文海補上一句。

目擊者沒有討價還價的餘地，只好摸摸鼻子跟著另一位警察走。

他們離開後，陳文海開始清點死者身上的東西，打算通知家人前來認屍，他正納悶著該如何跟這女子的家人開口呢？

接著他打開護照檢查，眼簾印出了女子的姓名：「崔詠玲。」

♪

【現在】

看著被撕碎一地的樂譜，怡潔慌了，她氣自己怎麼沒有事先影印下來備分，竟然漏掉了這麼重要的一件事。

其他團員也紛紛露出擔憂的神情，離公演的時間越來越近，大家好不容易練習的更加起勁了，這時竟然出現樂譜被人破壞的事情。

「大家過來！」團長李修平召集團員們集合，表示要來商討接下來的對策，看是要換一首公演的主要曲子還是想辦法再將曲子作出來。

「可是，我們也不可能作出一模一樣的曲子啊！換一首曲子比較保險吧！」許多人表示，若要重新作出曲子太冒險了，乾脆直接換主題曲會比較快。

「不可以！」怡潔大聲的嚷著。

「我絕對會再把它彈出來。」說完，她抓著樂譜的碎片回到自己的練習室。

李修平於是命令團員，將練習這首曲子時的印象，分別寫在五線譜上，兩天後再一起交給他。

陳映如則是趁著大家離開後，跟著李修平腳步後面，告訴他有看到可疑黑衣人的事情，並坦言說出自己認為那兩人就是張家偉和張家琪。

「現在總共有多少人？」

「越來越少了，他們也明白自己即將站不住腳。」

「怡潔知道妳有告訴我嗎？」

「他和曉涵都不知道。」

李修平在嚴肅的表情上擠出一個尷尬的笑容說：「這兩年真是辛苦妳了，映如。」

「這沒什麼。」

原來，陳映如早已將雙胞胎兄妹想要造反的事情告訴團長了，並仔細觀察每位團員，發現想要與他們結盟的團員，就馬上約談、良性勸導，避免掉了不少紛爭外，站在他們那邊的人也就越來越少了。

「這次，我不會再對他們心軟了。」李修平嚴厲的說。

「不過，眼前要緊的是，詠玲的樂譜被撕毀，我們真的有辦法再將它彈出來嗎？」映如擔心的問。

「這就要看大家的向心力了。」

「團長，我想怡潔現在心情一定很自責。」

「沒有備分這件事也不能怪他，當時大家都被曲子感動了，沒有心情去想這件事。所以，我認為這是大家的責任，我們有必要把記憶中的旋律，再次展現出來！」李修平說。

「我想，這是沒問題的！」聽團長這麼一說，映如也提起了信心，她相信這兩天內，絕對可以讓詠玲的曲子再次重現。

♪

「小提琴，那邊的音調太高了！」

「長笛，有一個音錯了！」

「指揮！嗯……映如姊，拍子太快了，要放慢一點！」

怡潔當起了控管曲子的負責人，她像團長一樣，對每位團員提出建議與指導，因為她是對這首曲子最熟悉的人。

她已經大致還原出了詠玲的曲子，或許有點不一樣，但她認為，詠玲不會生氣的，而且加入了自己的元素，曲子就變成兩個人的創作了，非常有意義。

這兩天，她突然想到和詠玲是表姊妹這件事。

萬一有一天，她們見面了，那她應該如何告訴詠玲她們的血緣關係呢？要如何開口比較好呢？

正當怡潔煩惱著這個問題時，樂團門口的警衛打電話進來，說吳孟瑜帶了一個朋友要來見她。

「朋友？是爸爸嗎？」怡潔懷疑的想著。

她走出樂團大廳，看著媽媽一如往常的手上提著一個小鍋子，她想像著是香菇雞湯還是藥燉排骨，期待可以喝到媽媽親手褒的美味湯品。

「媽！」怡潔朝她揮揮手，便快步的走過去。

當怡潔看到媽媽身邊的人時，心跳卻不自覺得加快，讓她想起了以前還沒開刀之前，動不動就心律不整的問題。

「怡潔，這位是阿姨。」

「阿姨？」怡潔一時反應不過來，看著眼前這位和媽媽年齡看似差不多的中年婦女，好一會兒時間，露出極為震驚的表情。

吳欣瑜穿著十分豔麗，看起來就是一位有錢人家的少奶奶。

她是吳孟瑜的親姊姊、怡潔的阿姨，同時也是詠玲的親生媽媽。

♪

「離開了村子後，我就嫁給了王地主。」吳欣瑜平靜的說。

怡潔感到媽媽也是十分驚訝阿姨的出現，從剛剛到現在沒說幾句話，只是用一種奇怪的眼神看著吳欣瑜，彷彿她只是一位陌生人。

三個人坐在樂團的會客室中，頓時有一種無形的尷尬氣氛。

「詠玲，我那個無緣的女兒，已經到天上當天使了。」吳欣瑜話一說出口，立刻掩面哭泣，好像演員按照劇本演戲一樣。

「妳說什麼？」怡潔和媽媽不約而和的看著吳欣瑜。

「阿姨，我前不久才去找詠玲，從來沒聽過這件事。」怡潔表示。

吳欣瑜拿出看起來是名牌的手帕，先是擦擦臉頰的淚水，然後說：「那妳有見到她本人嗎？」

「這……」怡潔支支吾吾，說不出一句話。

「差不多一年以前，我到了玲玲工作的工廠想和她見一面。雖然這幾年在王家過著富裕的生活，也有兩個兒子了，但心裡始終惦記著這個女兒，我請朋友幫忙打聽，確定她在桃園的一間工廠上班。當然，我沒有那個臉認她，只希望藉著孟瑜的名義，去看看她，了解她過得好不好而已。」吳欣瑜娓娓道來這段事情。

「原來，妳就是靜文口中的那個女人！」怡潔恍然大悟的說。

「靜文啊，那個和玲玲是好朋友的孩子。」吳欣瑜回應著。

「妳現在回來做什麼？妳覺得妳現在回來還有意義嗎？」媽媽突然生氣又大聲的對吳欣瑜說話。

「媽……這裡是樂團，妳冷靜一點。」怡潔趕緊安撫媽媽的情緒。

吳欣瑜似乎不把妹妹的心情放在心上，繼續告訴她們：「可是在工廠那邊，靜文告訴我詠玲離職一段時間了，並且沒有留下任何聯絡方式。我再次透過友人幫忙，一步一步的打聽，終於找到了她在屏東老家的電話和地址。」

「妳去了嗎？」怡．潔急切的問。剛才阿姨講到詠玲過世的事情，她一定要想辦法證明是阿姨誤會了。

「我當然跑了一趟屏東，那棟破舊的房子裡，現在只剩下蘇家富和他那個成天賭博的老婆陳茜。他們看到我非常驚訝，請我坐下後就告訴我，玲玲已經過世的噩耗。」講到這裡，吳欣瑜又開始哭泣。

蘇家富表示，一家人搬來屏東後，過了一段安穩的日子，但沒過幾年，陳茜又開始賭博，家裡總是欠著大大小小的賭債。崔奶奶過世後，詠玲再也受不了成天躲躲藏藏的生活，於是北上桃園工作，每個月會寄錢回家。

那天，蘇家富一如往常的準備出門上班，卻接到了一通電話，對方說自己是台北的警察，希望他可以前來認屍。他帶著焦急的心情，匆匆搭乘高鐵北上，當他看到詠玲蒼白的臉，情緒完全崩潰了，就連陳茜也都昏倒在他懷中。但因為家裡一直在躲債，他也不敢張揚這件事，草草的舉辦完喪禮，獨自承受著喪女之痛。

「妳胡說！」怡潔的忍耐到達了極限。

「妳有什麼證據嗎？」吳孟瑜也緊張的逼問姊姊。

她從那個布滿亮片的包包裡，拿出了一張紙遞給吳孟瑜母女說：「這是玲玲的死亡證明單，妳們自己看吧，我已經看好多次了。」

怡潔搶過白紙，立刻打開來看。

沒錯，確確實實是詠玲，證明單上確實寫著崔詠玲三個字。

♪

怡潔不敢相信吳欣瑜說的話。

她不相信詠玲就這樣離開她，她們還有好多事情要做、好多話要說、好多夢想要一起實現，她怎麼可以說走呢？

她努力讓自己保持冷靜。

「等一下，剛剛阿姨講到詠玲手上有護照，難道說……」怡潔心裡湧起一股不祥的感覺。

「阿姨，詠玲出車禍的地點在哪裡？」她抬起哭得不成人形的臉，問著吳欣瑜。

「就在外交部領事事務局門口，她不曉得要去哪裡，剛辦完護照後，出來就發生不幸。」吳欣瑜語重心長的回答。

沒錯，詠玲是要去美國找她。

她為了來找怡潔，所以才去辦護照。

辦完護照後，卻發生了意外。

怡潔推算了一下，詠玲回到村子和發生車禍的時間是吻合的，因此她更明白自己內心的推測。

「對不起，我需要冷靜一下，失陪了。」說完，怡潔立刻站起來，幾乎是用跑的離開樂團的會客室。

這次，吳孟瑜沒有拉著她，她決定讓怡潔好好釋放心裡的悲傷。

吳孟瑜轉頭看著姊姊，對她來說，吳欣瑜一直都不像她的家人，同時也是個不負責任的人，要是當年她沒有丟下詠玲不管，只顧著自己去過榮華富貴的生活，或許詠玲就不會遭遇到這樣的不幸。

「我知道妳在想什麼。」吳欣瑜看著吳孟瑜說。

「什麼？」

「好歹妳也是我的親妹妹。」

「還有什麼好說的。」

吳欣瑜不為所動的，從包包裡拿出香菸，也不問吳孟瑜是否介意，自顧自的抽起菸來。

「拜託妳也顧慮一下別人的感受吧。」吳孟瑜惱怒的站起身，將旁邊的窗戶打開。

「也是，我們也不能一直待在這。」

「妳可以把菸熄掉嗎？」吳孟瑜嫌惡的說。

「好好好。」吳欣瑜將菸蒂壓在菸灰缸裡，她又告訴吳孟瑜：「怡潔是不是不久前剛做完心臟手術。」

「妳怎麼知道？」吳孟瑜帶著懷疑的眼神看著她。

「我只能說，這個世界很多事情都是註定好的。」她說完，就拿起包包準備離開。

「等一下，妳把話說清楚啊！不要每次都不負責任的離開！還有，妳覺得不用去看看媽媽嗎？她到現在還在關心妳、擔心妳，既然妳過得那麼好，不需要讓她知道嗎？」吳孟瑜氣得臉都脹紅了，面對這個想做什麼就做什麼的姊姊，現在她除了氣憤，沒有其他多餘的情感。

「妳也不用氣成這樣吧。」吳欣瑜轉頭看著她，無奈的說。

接著，她嘆了一口氣說：「我知道我過去做了很多不好的事情，現在我也在努力的彌補。當初遇到我先生、讓我選擇拋棄詠玲而在新的家庭生活，我的內心也一直有很深的罪惡感存在。」

「媽那邊，我會找機會去看她。另外——」

這回她先深呼一口氣，然後說：「我之所以會知道怡潔有做心臟手術，是因為她現在心裡的那顆心臟，是詠玲的。」

「妳說什麼！」吳孟瑜的表情，簡直就像名畫《吶喊》中那樣誇張。

前一刻才得知姪女過世的消息，都還沒從悲傷中醒過來，立刻又得知了另一個更驚人的事情，這叫人該如何去轉換心情，接受這些事實呢？

「我是她的親生母親，我可以看到任何關於她的資料，我當時也和妳一樣震驚。」吳欣瑜說。

吳孟瑜持續沉浸在驚訝中，完全無法說話。

「怡潔現在一定非常傷心，妳可以考慮要不要把這件事告訴她。」

接著，吳欣瑜提起包包，準備離開。

她走了兩三步後，像是突然又想起什麼，再次回過頭來對吳孟瑜說：

「妳知道嗎?當我想到詠玲的心臟仍然在這個世界上跳動時，我覺得很感動，特別是在怡潔的身上時。這樣似乎是她依舊活著一樣，妳一定也能了解這個感覺，對吧?」

說完，吳欣瑜轉回去，踩著高跟鞋，依循著那規律的腳步聲離開。

留下正承受著四面八方心情的吳孟瑜。

十五、遲來的正義

公告：

本團張家偉先生、張家琪小姐，入團期間，三番兩次挑撥團員情感，造成團員們的恐慌。甚至公然栽贓錯誤給其他團員，破壞樂團的資產，屢勸不聽，經過各方委員的討論後，集結大家的建議，並投票表決，故以退團處分。

特此通告。

團長 李修平

副團長 陳映如

當這個消息釋出後，個性向來直來直往的曉涵，當場開心的在公佈欄前拍手叫好、手足舞蹈。

「這真是惡有惡報。」她開心的一邊自言自語，一邊三步併作兩步的去告訴怡潔這個好消息。

自從得知詠玲過世的消息後，怡潔成天悶悶不樂，常常看著遠方的天空，不知道在想些什麼，讓團長、團員們都非常擔心。隨著全國公演即將開始，絕對不能容許再出現任何差錯。

♪

怡潔坐在練習室的鋼琴前面，她盯著那份由大家重整出的樂譜，久久無法彈奏。她好怕，她怕只要彈出來，就會想起詠玲，如此一來她的情緒又會失控，沒有辦法做任何事情。

其實，她心裡始終對詠玲的過世很自責。

要是她沒有每年寄信給詠玲，要是她沒有在信上一直提醒兩人要一起實現夢想的事情、要是她不要讓詠玲知道她人在美國，也許詠玲就不會年紀輕輕就發生這麼不幸的事情了。

那次阿姨吳欣瑜來過後，她曾經撥空到詠玲的屏東老家一趟。

「妳是？」蘇家富頂著一頭茂密的白髮，獨自一人坐在門口發呆，摸著那條全身烏黑亮麗的小狗。

「伯父，我是以前新興新村的林怡潔、不對，」她改口說，「我是詠玲的表妹。」

蘇家富沒有說什麼，並用眼神示意，讓怡潔進到屋子裡。

屋內的擺設十分簡潔，沒有幾樣家具，可能是長期躲避債主的關係，若是有太多用品，也會顯得非常麻煩。

兩人坐在簡陋的藤椅上，久久未說一句話。

怡潔終於按捺不住沉默，率先開口：「伯父，我可以到詠玲的房間看看嗎？」

「好啊。」蘇家富起身，引領著她往樓上走。

她看著詠玲養父的背影，心裡不禁一震鼻酸。印象中，蘇家富是一個老實忠厚的人，做事情認真負責，記得從前買香腸的阿水伯，常常在詠玲面前稱讚他，說他的爸爸是個難得的好人。此時此刻，蘇家富拖著沉重的身軀，駝著背、帶著滿頭的白髮，雖然詠玲不是他的親生女兒，但再怎麼說，他們也相處了整整二十幾年的時間啊！

想到這裡，怡潔忍不住偷偷掉眼淚。

「就是這裡，妳慢慢看吧。」蘇家富粗啞的聲音，讓怡潔回到了現實。

「謝謝蘇伯伯。」

「我就在樓下，有事再叫我。」於是，他又再次拖著沉重的步伐下樓去。

怡潔輕輕推開房門，房間裡和客廳一樣，非常簡樸。當她看見那把擺在角落的吉他時，內心的情緒瞬間波濤洶湧。記得當初，因為她在放學回家的路上突然昏倒，是崔奶奶和詠玲攙扶著她，到詠玲村子的家休息的，那時她一睜開眼睛，看到的就是這把吉他，兩人也因此開啟了話題。

桌面上早已堆滿了灰塵，地上還有幾箱衣物，可能蘇家富和陳茜怕碰到這些東西又想起詠玲，所以一直不敢整理吧。

這時，她的視線轉向了書桌上的相框。

「我們的合照。」怡潔看著那張與詠玲唯一的合照，立刻明白詠玲對她也是同樣的心情，她確實有苦衷才沒有跟怡潔聯絡，原來，詠玲也把她看的很重要。

待在這個房間越久，對詠玲的思念就越強烈。

她不敢再繼續待下去，趁著情緒尚未瓦解的時候，她趕緊下樓去。

「伯父，謝謝你。」怡潔對蘇家富露出一個溫暖的微笑。

蘇家富這時，也露出一個宛如慈父的笑容回應她說：「妳知道嗎，我有替玲玲簽器官捐贈書，每次只要想到，她身上的某個部分仍舊在世界上生存著、跳動著時，我心裡就會感到欣慰，似乎她還活著一樣。」

怡潔認同的點頭。

「所以小潔，妳也要這麼想。」蘇家富握著怡潔的肩膀，堅定的說。

♪

「全部都不要再說了！」李修平生氣的看著在場的每個人大吼。

「該離開的怎麼會是我們？」張家偉已經在辦公室大鬧了將近一個小時，只見沒有人想理會他使他更生氣。

「哥，算了啦。」張家琪像洩了氣的皮球一樣，原本渾圓的雙眼有了黑眼圈，看起來睡眠嚴重不足，原本豐腴的身材也明顯消瘦。

「你們還想讓場面多難看？」升上副團長的陳映如，拿出了應有的威嚴。

「妳在說什麼啊？還有，就憑妳竟然可以當副團長？」張家偉仍舊氣勢凌人、怒髮衝冠的樣子，任誰也擋不了。

「哥，這樣很難看……」張家琪無助的看著團長和陳映如，一邊拉住激動的哥哥。

張家偉完全不顧妹妹的勸導，拿起身旁的椅子，準備往團長的臉上砸去。

就在這時，門突然被打開，有個聲音說：「團長，請讓他們留下來。」

李修平回過神來，發現講話的人，竟然是怡潔。

♪

前天晚上，吳孟瑜將真相告訴了怡潔。

爸爸林飛煌也跟在旁邊，三人一起大哭一場，並默默為詠玲祈禱。

原來，怡潔身上的心臟是詠玲的心臟移植過來的。知道了這點後，怡潔鼓起勇氣，發誓要好好活下去，認真的過每一天，帶著詠玲一起度過每一個冒險和挑戰。

她摸著自己的心，感謝老天爺願意讓詠玲一直住在她的心裡。

吳欣瑜阿姨說的對，有些事情確實是註定好的。

既然詠玲在世的時候，沒有機會知道和怡潔是表姊妹的關係，至少現在，她以另一個形式活在怡潔的心裡，直到永遠。

怡潔想起從前和詠玲在教堂裡練習彈琴的日子，想到神父常常說的一句話，為人最可貴的地方，就是「寬恕」。這使她不由自主的想起張家偉和張家琪這對雙胞胎兄妹，即便他們三番兩次找自己麻煩，但是愛音樂的心，絕對是和自己一樣的。

「爸、媽，我知道該怎麼做了。」怡潔看著父母，表達決心。

♪

「我不願意讓詠玲的心，承受這些恨，她好不容易留在世界上了，就別讓這些雜念再出現了。」

怡潔看著兩兄妹，他們正以驚訝又感激的表情看著她。

「團長，寬恕是人最大的美德。況且，他們這幾年為了樂團也付出了不少啊，就讓他們留下來吧。」怡潔帶著肯定的語氣說。

李修平閉上眼睛思索著，終於他睜開眼睛說：「我會和委員們再召開一次會議。」

十六、把妳留在世界上

換上白色蕾絲邊的小禮服、穿上高跟鞋，臉上妝點的淡淡且優雅的妝容，怡潔感到心跳越來越快。

「呼——」怡潔呼出一口氣。

在一旁的曉涵，拿著小提琴，不停的來回踱步，她的緊張感不輸給怡潔。

兩人這時沒辦法像平常一樣互相鼓勵，等等就要上台了，這是全國演出的第一場表演，外面有近萬人等待他們出現。

「像這種時候，讓腦袋放空是最好的辦法。」說話的是張家琪，他穿著深藍色的長版小禮服，看起來氣質出眾。

「妳這麼溫柔我會不習慣，雞皮疙瘩已經掉滿地。」曉涵表現出不寒而慄的樣子。

「謝謝妳。」怡潔微笑的回答。

家琪搖搖頭，然後說：「應該說謝謝的人是我。」

兩人相視而笑。

「陽光樂團二〇一五年全國演出，將於三分鐘後，正式開始，請觀眾們耐心等待。」布簾外傳來了廣播提醒的聲音，所有人都屏住呼吸。

「那個，妳帶回來的主題曲，真的很好聽。」張家琪不好意思的說。

「還有，對不起，連我哥哥的份。」她滿懷誠意的向怡潔和曉涵道歉。

「等等會下雪嗎？」曉涵在怡潔耳邊輕聲說道。

「妳別鬧了啦！都什麼時候了，還有心情開玩笑。」怡潔用肩膀推推曉涵。

「大家準備進場囉！」團長出來，要大家整理好隊伍。

怡潔下意識的摸摸胸口，在心裡說：「我準備好了，詠玲妳呢？」

♪

吳孟瑜和林飛煌穿著正式，手挽著手來見證女兒第一場重要的表演。

「我怎麼也跟著緊張起來了。」林飛煌的手不停的流著手汗。

吳孟瑜輕輕拍拍丈夫的手，跟他說：「放心，小潔沒問題的。」

舞台的另一側貴賓席，坐著一個看起來貴氣十足的婦人，在她身旁則是穿著簡樸的蘇家富和陳茜。

「就讓我們一起見證這個重要的時刻吧！」吳欣瑜告訴身旁的兩個人。

這時，廣播再次響起：「陽光樂團二〇一五年全國公演第一場即將開始，現在請帶著愉悅、輕鬆的心情，打聽您的耳朵，用心的觀賞及聆聽吧。」

布簾拉起，全體團員站成一排，向大家鞠躬致敬。

掌聲瞬間如雷響起，充滿著整座樂廳。

怡潔和張家琪分別走向舞台兩側的鋼琴，緩緩的坐下來。

陳映如手持兩支指揮棒，心裡正在倒數：「五、四、三、二、一，開始！」當她手開始揮動，所有樂器一聲齊下。

螢幕上出現了曲目的名稱：

二〇一五陽光樂團全國公演主題曲：《心跳》

作曲人：崔詠玲

看到詠玲的名字出現，不管是吳欣瑜還是蘇家富，心裡十分開心。這一刻，他們感到榮耀無比，就算詠玲不在身邊了，還是留下了一份這麼特別的禮物。

隨著小提琴和長笛的前奏過後，怡潔不慌不忙的用力彈了第一個音，另一側的張家琪緊跟著彈奏第二部旋律。

不知不覺，怡潔閉上眼睛，她回想起和詠玲相處的點點滴滴，一切歷歷在目。

在後山的草地上，兩人定下的約定，在今天終於實現了。如今，雖然詠玲沒辦法坐在這裡聽她演奏，但跟著心臟每一次的跳動，她感覺詠玲一直都陪在她的身旁。

她忍不住轉過頭看著觀眾席，有個綁著辮子的小女孩，正大力的朝她揮揮手。

「詠玲，是妳嗎？」怡潔前一秒才這麼想，下一秒就發現，小女孩是她當時在醫院認識的好朋友婷婷，看她的氣色還不錯，想必身體在開刀後越來越好了。

她回過頭，繼續盯著眼前的琴鍵，看著自己靈活不亂的手指，恣意的在琴鍵上由左而右、由右而左，彷彿有一股神奇的力量，正在支撐著她。

緊接著來到了曲子的高潮，大夥兒的音調越來越快，這是怡潔加入的新元素，為曲子增添新的旋律。

她可以感受到觀眾的驚呼，對於一首曲子，竟能有如此多變的曲風，的確讓大家都非常訝異。

謝謝詠玲、謝謝爸爸和媽媽、謝謝樂團的每個人合力一起做出這首曲子，謝謝大家。怡潔在心中感謝每一個人，此時心臟因為心情亢奮而快速的跳動著，好像詠玲也跟著她一起開心一樣。

當最後一聲琴鍵響起，台下的觀眾紛紛站起來，熱烈的鼓掌持續有兩分鐘之久，團員們在台上心想：「這只是第一首曲子啊。」

緊接著，樂團也陸續奏上世界知名的曲子，搭配各種樂器奏出完美又優雅的旋律，有時是鋼琴搭配長笛、或者小提琴和大提琴的和鳴、甚至是鋼琴獨奏，首首都深得觀眾的心，迴盪出內心的激昂。

這場表演讓音樂界的人注意到了陽光樂團，各界好手紛紛向團長邀請合作方案，在不久後，世界的演出也即將開始，這個消息讓樂團的每一位成員都非常興奮，向心力也越來越高，團員的感情與日俱增，培養出革命的情感，攜手迎接未來的每一個挑戰。

♪

「我想，詠玲的靈魂現在一定得到平靜了。」林飛煌手上點著香，在嘴中念念有詞。

經過幾次商討後，吳欣瑜將女兒帶回了家鄉桃園，葬在村子的後山上。

並根據怡潔的印象，找到了兩人當年打勾勾的位置，在這裡可以眺望村子裡的風景，四周鳥語花香，還有無邊無際的天空，相信在這裡，是對詠玲最好的安排。

「妳總算做對一件事了。」吳孟瑜看著那仍舊濃妝豔抹的姊姊說。

吳欣瑜皺著眉頭說：「妳就不能說句好話嗎？」

怡潔感到媽媽和阿姨的感情，正在逐漸變好。也許因為她們本來就是姊妹，所以即使有多少恩恩怨怨，親血緣的感情還是切不斷。

另外，在吳欣瑜的幫忙下，蘇家富與陳茜還清了債務，並回到村子裡居住。兩人和賣香陽的阿水伯租了一個小店面，做起了小本生意，賣賣陽春麵和手工水餃，過著平凡的生活。陳茜在詠玲過世後，深深的反省自己，再也不去賭博，下定決心要重新做人，不再給蘇家富添麻煩。

「今天天氣可真好啊！」神父瞇著眼睛看著頭頂炙熱的太陽。

「是啊。」怡潔附和著。

「不過，神父好像不能拿香拜拜吧。」她尷尬的看著神父。

神父呵呵笑說：「我心懷誠意，會在一旁祈禱。」

「是啊，誠意最重要嘛。」阿水伯也在一旁露出笑容。

「大家快點過來吧。」吳欣瑜已經把香點燃，催促著大家快點過來拜拜。

「好的好的！」阿水伯搔搔頭，急忙到前面取香。

大家一同舉起香、閉上眼睛，心裡開始訴說著想對詠玲說的話。

詠玲姊姊：

妳在那邊過得好嗎？沒有錯，我決定現在要改口叫妳姊姊了。可能妳會覺得不習慣，但隨著我長時間的呼喊，我想妳一定很快就可以習慣，對吧？

我們樂團剛結束全國公演，許多人都很喜歡妳作的曲子，小時候不時哼在口中的旋律，在大家的努力推廣下，即將推出唱片囉！

這點，所有人都感到非常興奮，也十分光榮。

偷偷告訴妳，現在每個星期我都會上一次健身房，練習跑步，從事一些有氧運動，

以前頂著虛弱的身體太久，現在終於有機會可以又跑又跳，但我也有遵循著吳醫師的建議，慢慢來，沒有一次就做太劇烈的運動。

真的很謝謝妳，把身上最重要的器官留給我。就這麼剛好的，來到我身

上。

世界上有太多事情，怎麼說也說不準。

每一天、每一分、每一秒，只要我還在，妳也會在，

我們要一直互相鼓勵、互相陪伴，一起成長、面對未來的路。

希望妳喜歡這裡，也希望妳原諒阿姨，她已經做了很多彌補了，

祝妳有個美好的一天！

怡潔

怡潔偷偷將這封信放在詠玲的壇位下面，並隨著爸媽離開了。

這時，她好像看到前方有一位小女孩正朝著她揮手，她瞇著眼睛，隨後舉起手，微笑的對女孩揮手並點頭。

當大夥兒走下山坡，怡潔再次回頭看，小女孩已經不見了。

「詠玲，再見了。」

「我會把妳留在世界上。」她在心裡堅定的想著。

※為保障您的權益，每一項資料請務必確實填寫，謝謝！

姓名		性別	□男 □女
生日	年 月 日	年齡	
住宅地址	郵遞區號□□□		
行動電話		E-mail	

學歷

□國小 □國中 □高中、高職 □專科、大學以上 □其他＿＿＿＿

職業

□學生 □軍 □公 □教 □工 □商 □金融業
□資訊業 □服務業 □傳播業 □出版業 □自由業 □其他＿＿＿＿

謝謝您購買 **把妳留在世界上** 與我們一起分享讀完本書後的心得。務必留下您的基本資料及電子信箱，使用我們準備的免郵回函寄回，我們每月將抽出一百名回函讀者，寄出精美禮物以及享有生日當月購書優惠！想知道更多更即時的消息，歡迎加入"永續圖書粉絲團"

您也可以使用以下傳真電話或是掃描圖檔寄回本公司電子信箱，謝謝！

傳真電話：（02）8647-3660　　電子信箱：yungjiuh@ms45.hinet.net

●請針對下列各項目為本書打分數，由高至低5～1分。

項目	5 4 3 2 1	項目	5 4 3 2 1
1. 內容題材	□□□□□	2. 編排設計	□□□□□
3. 封面設計	□□□□□	4. 文字品質	□□□□□
5. 圖片品質	□□□□□	6. 裝訂印刷	□□□□□

●您購買此書的地點及店名＿＿＿＿＿＿＿＿＿＿

●您為何會購買本書？

□被文案吸引 □喜歡封面設計 □親友推薦 □喜歡作者
□網站介紹 □其他＿＿＿＿＿＿＿＿

●您認為什麼因素會影響您購買書籍的慾望？

□價格，並且合理定價是＿＿＿＿ □內容文字有足夠吸引力
□作者的知名度 □是否為暢銷書籍 □封面設計、插、漫畫

●請寫下您對編輯部的期望及建議：

★請沿此線剪下傳真、掃描或寄回，謝謝您寶貴的建議！

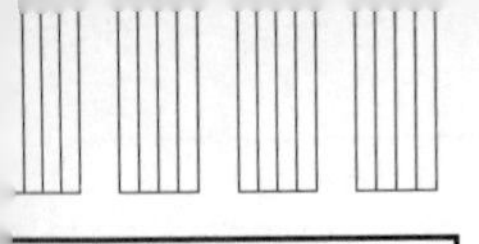

廣告回信
基隆郵局登記證
基隆廣字第200132號

2 2 1 - 0 3
新北市汐止區大同路三段194號9樓之1

傳真電話：（02）8647-3660
E-mail：yungjiuh@ms45.hinet.net

培育
文化事業有限公司

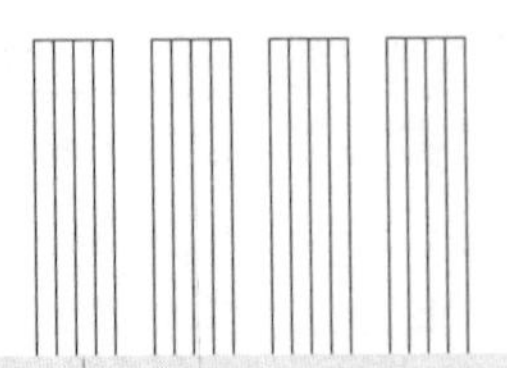

讀者專用回函

把妳留在世界上

培養文化育智心靈的好選擇